社畜の俺、ドラゴンに懐かれたのでペット配信を始めます
チビッ子ドラゴンと
モンスター牧場ライフ
著 こがれ
Kogare
ill. 福きつね
Fuku_Kitsune
JN027476

おはぎ
種族：ドラゴン
大根マンドラゴラの
絶叫畑作講座
おじいちゃん狼は
飯と風呂が生きがい
牧瀬丈二
おはぎを
拾ったことで、
社畜から
人気配信者へ。

モンスター牧場の日常を紹介します!
ミルクが美味!
カウシカの放牧
牛巻恵
丈二の後輩。
VTuberらしく
配信に詳しい。
猫の手も借りたい!?
モンスター村建設中!

初めての案件動画
Comments
カワイイ!!
美味そう
おはぎちゃんが食ってると、なんか食べたくなってくる
ドラゴンがグミ食うんか？
発売されたら買うわ
発売日っていつ？
栄養補助食品なのか
長野製薬の新商品？
今からコンビニで並んどくわ
「ぐるぅ♪」
「ぜひドラゴンエナジーを買ってみてください！」
「ぐるぅ！」
DRAGON ENERGY
プロモーションをふくみます
撮影担当の牛巻さん

# 社畜の俺、ドラゴンに懐かれたのでペット配信を始めます

## チビッ子ドラゴンとモンスター牧場ライフ

著 こがれ
Kogare
ill. 福きつね
Fuku_Kitsune

口絵・本文イラスト：福きつね
デザイン：ＡＦＴＥＲＧＬＯＷ

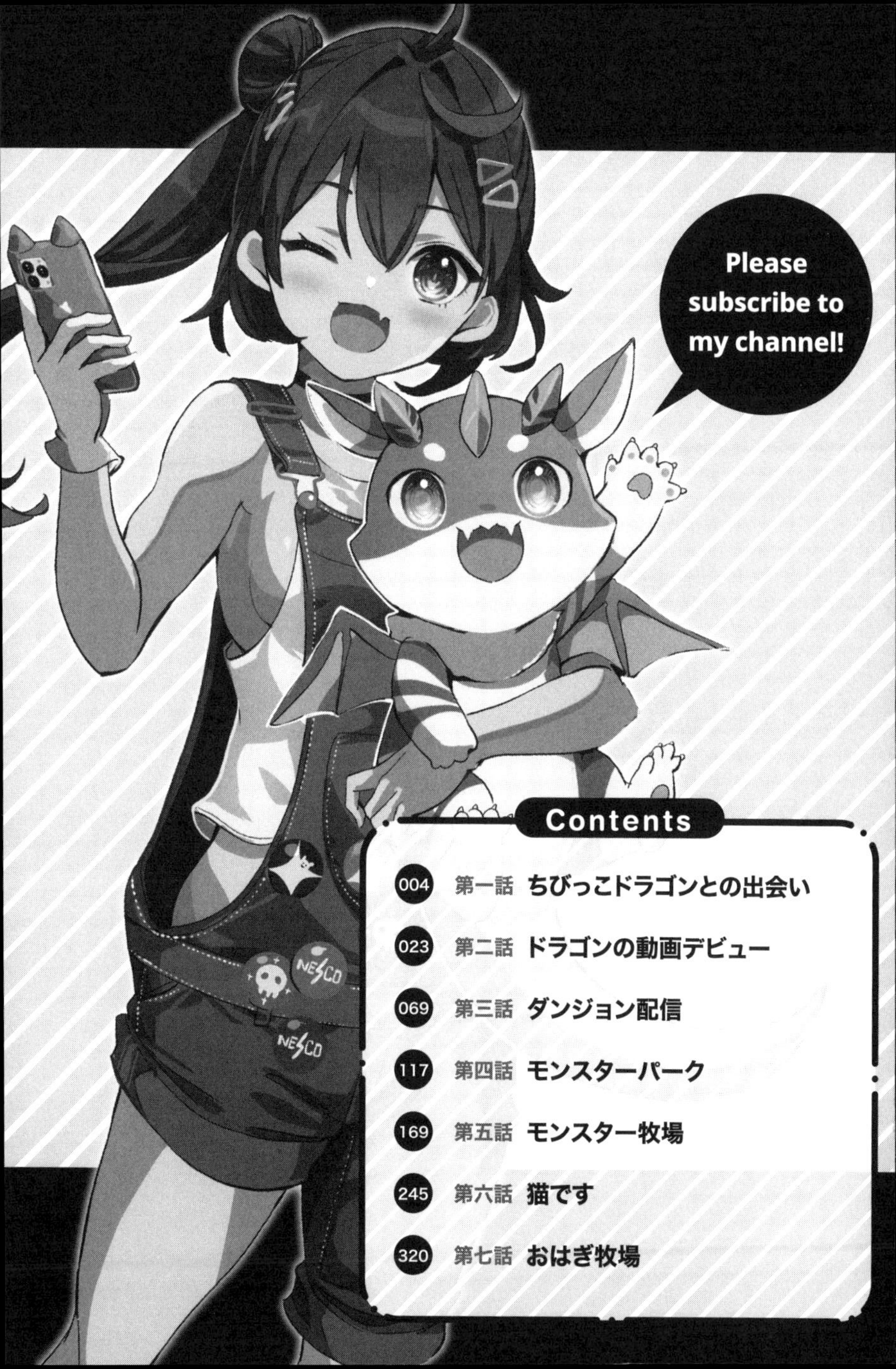
Please subscribe to my channel!
NESCO
NESCO

## Contents

# 第一話　ちびっこドラゴンとの出会い

「疲《つか》れた……もう働きたくない。田舎《いなか》でのんびり暮らしたい」

牧瀬《まきせ》丈二《じようじ》はふらふらと住宅街を歩く。

時刻は午前一時。残業を終えての帰宅途中《とちゆう》だ。

もう働きたくない。

その呟《つぶや》きを繰《く》り返すのは、仕事を始めてから何度目だろうか。

ストレスの溜《た》まる業務内容。理不尽《りふじん》に怒《いか》りをぶつけてくる上司。終わらない残業。

明るい未来を夢見て入った会社だった。入社して数年は良かったのだ。

だが、前社長が病気によって急死。その息子《むすこ》が後をついでから、会社も変わってしまった。

一言で言えばブラック企業《きぎよう》。

パワハラ、サビ残当たり前。それが嫌《いや》になった社員は逃《に》げ出し、その分のしわよせが襲《おそ》い掛《か》かってくる。

今ではお先真っ暗。会社は真っ黒。

なんども辞《や》めようと考えた。だが、辞めてどうするのか。次の仕事は見つかるのか。

見つかったとして、その会社が今より良い環境《かんきよう》な保証もない。

そうしてズルズルと退職を引き延ばしにして、現在は二十六歳《さい》。

周りからは老《ふ》け顔だとよく言われる。ストレスのせいだろう。

「……なんだ？」

ふと、動物の鳴き声のようなものが聞こえた。

動物は好きだ。

寝《ね》る前には犬猫《いぬねこ》の動画を見るのが、丈二の日課になっている。その時だけが癒《い》やしの時間だ。

鳴き声は苦しんでいるように聞こえる。怪我《けが》でもしているのだろうか。

丈二は心配になって、声を追いかけた。

「うお⁉　なんだアレ……」

外灯に照らされた場所。

そこに居たのは、猫くらいの大きさのトカゲだった。

背中には翼《つばさ》が生えている。ドラゴンだろうか。

「す、スゴイな。本物のモンスターだ」

何十年も前に、日本にダンジョンが現れた。その後もダンジョンが次々に出現。

今ではダンジョンから資源を持ち帰る『探索者《たんさくしゃ》』は、わりと一般《いっぱん》的な職業だ。

モンスターとは、そのダンジョンに現れる怪物《かいぶつ》。

基本的にダンジョンは保護されているため、外にモンスターが出てくることはない。

だが、生まれたばかりのダンジョンからモンスターが出てきてしまう事故もある。

今回もそれなのだろう。

「か、噛《か》まれたりしないか？」

丈二は恐《おそ》る恐るドラゴンに近づく。やはり怪我をしているようだ。

お腹《なか》のあたりに、穴が開いている。そこから、どくどくと血があふれていた。

「ぐるぁぁ‼」

威嚇《いかく》された。丈二に気づいたドラゴンが唸《うな》り声を上げる。

怖《こわ》い。

野生のカラスがこちらをジッと見てくると、襲われるのではないかとビビることがある。それを何倍も怖くした気分だ。

だが放ってもおけない。放っておけば、この小さなドラゴンは死んでしまうだろう。

それは気分が悪い。

「怖いことはしないから、だから攻撃《こうげき》してこないでくれよ」

ドラゴンを怖がらせないように、丈二はゆっくりと近づく。そして回復魔法《まほう》を使った。

幸いなことに魔法は学校で習った。他の魔法は苦手だが、回復魔法の成績だけは良かった方だ。

ドラゴンの傷がふさがっていく。

ドラゴンも回復していることを理解したのか、大人しくなった。

完全に傷がふさがると、ドラゴンは傷口を確認《かくにん》するようにお腹を舐《な》めた。猫みたいだ。

「くるるるる！」

ドラゴンが甘《あま》えたような声を上げた。丈二の手に、頭をこすりつけてくる。

「はは、可愛《かわい》いなぁ」

頭を撫《な》でてやると、嬉《うれ》しそうに目を細める。

ドラゴンを抱《だ》き上げる。キョトンとした顔で、丈二を見つめてくる。

「ドラゴンって拾ってもいいのかな……」

法律とかで禁止されているのだろうか。丈二がつれて帰るか悩《なや》んでいると。

「キチキチキチキチ」

硬《かた》い何かをぶつけるような音が響《ひび》いた。

それと同時に、丈二たちの前に巨大《きょだい》な蜘蛛《くも》が飛び出してくる。

ふさふさとした毛が生えている。タランチュラに似ていた。

大きさは大型犬くらい。明らかにモンスターだ。

牙《きば》をこすって、『キチキチ』と音を鳴らしている。友好的な雰囲気《ふんいき》ではない。おそらくは威嚇。

「うわぁ⁉　蜘蛛のモンスターだ……！」

ただの社畜《しゃちく》である丈二に戦闘《せんとう》能力など無い。逃げなければ。走って逃げ切れるだろうか？

いや、無理だろう。

現れた時の蜘蛛の動きは素早《すばや》かった。丈二の脚力《きゃくりょく》では勝てない。

「ぐるぁぁぁ！」

腕《うで》の中のドラゴンが吠《ほ》えた。その口から光がもれ出る。

「え、なに？　何するつもりなんだ？」

結果はすぐに分かった。

ズバン‼

ドラゴンの口から閃光《せんこう》がほとばしる。

それは蜘蛛の体を引き裂《さ》き、一瞬《いっしゅん》で絶命させていった。残ったのは三匹《びき》の死体。

「え、つよ⁉」

丈二は目を見開いて、ドラゴンを見る。

ドラゴンは『ほめてほめて！』と言うように、丈二の胸に頭をこすりつけていた。


そのあと警察に通報した。

市街でモンスターを目撃した場合は、通報が義務づけられている。

モンスターは人を殺せる危険な生物。市街地にクマが出現したら通報するのと一緒《いっしょ》だ。

数分ほど待つと、一台のパトカーがやって来た。近場の人が駆《か》けつけてくれたのだろう。

パトカーからおっさんの警察官が降りてきた。

「いやー災難だったね」

反対側からは若い女性の警察官。

「お怪我はありませんか？」

二人が近づいてくると、その目は驚《おどろ》いたように見開かれた。

「それ、ドラゴンの子供じゃないか⁉」

「うわー、カワイイ！」

二人とも、丈二の腕の中にいるドラゴンを見ての感想だ。

そういえば、通報するときにドラゴンのことを伝え忘れていた。

「それは、だ、大丈夫なのか？」

「今のところは懐《なつ》いてくれてるみたいで」

「触《さわ》っても大丈夫ですか？」

「いやー、どうでしょう？」

丈二もドラゴンとは出会ったばかり。よく分からない。

女性警察官が手を差し出すと、ドラゴンはクンクンと匂《にお》いを嗅《か》いでペロリと舐めた。

「人が平気なんですね。この子はどうしたんですか？」

「実は——」

丈二はドラゴンと出会った後のことを話した。

「ドラゴンが人に懐くなんて、前代未聞《ぜんだいみもん》だな」

おっさん警察官が信じられないと言うように呟いた。

モンスターを使役《しえき》することは、それほど珍《めずら》しいわけじゃない。だがドラゴンは前例がないらしい。

「ドラゴンが懐いたなんて、テレビから取材が来るレベルだろう」

それほど、ありえない事らしい。やはり、連れて帰るのは難しいのだろうか。

「あの、このドラゴンは連れて帰って良いんですかね？」

「連れて帰って良いよ。手懐《てなず》けたモンスターは、その人の所有物扱《あつか》いだからね」

あっさりと、おっさん警察官は言った。しかし、まだ説明は続くらしい。

「ただし、モンスターの飼育は役所に届けを出して、専門の講習を聞く必要があるから。必ず向かうようにな」

「分かりました。ありがとうございます」

女性警察官がドラゴンの頭を撫でる。

「そうだ、SNSとかにあげたらバズるんじゃないですか？」

「SNSですか……」

丈二はSNSをやっていない。『バズる』の意味合いも良く分からない。

なんか話題になっている。くらいの認識しかない。

「もしくは動画投稿《とうこう》とか！」

「動画ですかぁ」

動画の方がなじみ深い。猫動画みたいな感じにすればいいのだろう。

腕に抱いたドラゴンを見る。愛嬌《あいきよう》があって、表情が豊かだ。

人気が出るかもしれない。

「猫動画で豪邸《ごうてい》建てた人だっているんですよ」

「豪邸……！」

そんなに稼《かせ》げるのか。それだけのお金が稼げるのならば……。

田舎に一軒家《いっけんや》。家庭菜園。ドラゴンとたわむれる動画撮影《さつえい》。

それは夢の『のんびりスローライフ』。

いやいや。丈二は欲望を振《ふ》り払《はら》う。ドラゴンをお金儲《かねもう》けの道具として考えるのは良くない。

(自分の力で育てないと!)

そんな決意を固めようとしていたのだが。

「それに、この子もっと大きくなるんじゃないですか?」

その言葉に、丈二はふと思い出す。

ダンジョンを探索している人たちの動画。その動画で見たドラゴンは山のように大きかった。

「飼育環境、エサ代、なんにしてもお金がかかるでしょうし」

今の家では飼育できない。エサ代だって厳しい。

家が小さい。稼ぎが足りない。遊んであげる時間もない。

丈二の力だけで育てるのは難しい。

「動画投稿で儲けないと!」

「……そうします」

自分の力で育てられないのは悔《くや》しい。

だが自分の意地で、ドラゴンに無用なストレスをかける必要もない。

素直にドラゴンに稼いでもらおう。

「やった! じゃあ、私がファン一号ですね。楽しみにしてますから」

「ほら、雑談はそれくらいにして、仕事するぞ」

その後、丈二はより詳《くわ》しい状 況《じょうきょう》説明をして、解放してもらった。


「やっと帰ってこれた……」

丈二はガラガラと家の玄関《げんかん》を開ける。

そこは古い一軒家。寂《さび》しい一人暮らしだ。

母は幼いころに事故で他界。父も丈二が働き始めたころに、急な病気で亡《な》くなった。

残されたのはある程度の遺産と、この古い家だけだ。

女性と付き合えるような度胸もない。

このまま一生、一人で暮らしていくのかと思っていた。

だが、今日からは違《ちが》う。丈二は腕の中で眠《ねむ》っているドラゴンを見る。

可愛らしい同居人ができた。

丈二はいそいそと布団《ふとん》を用意して、その上にそっとドラゴンを寝かせた。

「ぐる？」

「おっと、起こしてしまったか」

ドラゴンは目を覚ますと、丈二の膝《ひざ》に乗ってこようとする。

「ごめんな。俺《おれ》も着替《きが》えなきゃいけないから」

ドラゴンの頭を撫でて、そっと布団の上に戻《もど》す。ドラゴンは寂しそうな眼《め》をしたが、理解してくれたようだ。

「そういえば、名前も付けてあげないとな」

丈二はジッとドラゴンを観察する。

全体的に薄黒《うすぐろ》い鱗《うろこ》におおわれている。首の下からお腹のあたりまでは白っぽい。

さて、どんな名前が良いのか。丈二は頭を悩ませる。

ドラゴン、黒、黒っぽいもの――

ふと、幼いころに母に作ってもらったお菓子《かし》を思い出した。

「キミの名前は『おはぎ』だ。いいかい、おはぎだぞ」

「くるる！」

おはぎは嬉しそうに鳴いた。気に入ってくれたらしい。

「よし、じゃあ良い子にしててくれよ」

丈二はおはぎを置いて、着替えをすませる。そして、おはぎに出会う前に買っていたコンビニ弁当を食べようとしたのだが、

「くる？」

「そうだった、おはぎのご飯も用意しないと……でもなにを食べるんだ？」

丈二は自炊《じすい》をしない。単純に時間がないからだ。

だから生肉などのドラゴンが食べそうなものが無い。おはぎに何を与《あた》えたらよいのだろうか。

「唐揚《からあ》げとか、食べさせていいのかな」

丈二はポケットからスマホを取り出す。試《ため》しに『ドラゴン　食事』で検索《けんさく》してみた。

当然ながら分かるわけがない。人類で初めてドラゴンを飼育しているのが丈二なのだから。

「たぶん、大丈夫なのか？」

だが検索結果によると、野生のドラゴンは雑食性。わりとなんでも食べるらしい。

もしも、犬に唐揚げを与える場合は、油が問題になるみたいだ。だが、ドラゴンは多量の油を含《ふく》んだモンスターも捕食《ほしょく》するらしい。

唐揚げくらいは大丈夫なのだろう。

丈二は弁当に入っていた唐揚げを何個か取り出す。小皿に移すと、水を入れたおわんと共に、おはぎの前に置いた。

「くる♪」

おはぎは嬉しそうにガツガツと食べだす。美味《おい》しいようだ。

「俺もご飯食べちゃうか」

丈二もモソモソとご飯を食べ始める。

いつもと変わらないコンビニ弁当。

だが、一緒に食事をしてくれる存在が居ると、いつもより美味しく感じられた。

「よし、風呂《ふろ》に入るか」

食事が終わったあと、丈二は風呂場に向かう。ちょうど風呂が焚《た》き上がっていた。

「くるる？」

『なんだなんだ？』と言うように、おはぎが付いてくる。

お湯は平気なのだろうか。犬猫は嫌がるイメージがある。

「ちょっと、薄汚《うすよご》れてるな……」

よく見ると、おはぎの鱗には血が付いている。元が黒いから気づかなかった。

「とりあえず、一緒に入ってみるか」

丈二は服を脱《ぬ》いで風呂場に入る。そして小さな桶《おけ》にお湯をためた。

おはぎを抱き上げると、その中にゆっくりと入れる。

「くるるー」

お湯は平気らしい。むしろ気持ちよさそうだ。

「お湯が平気なのはありがたいな」

丈二は石鹸《せっけん》を泡立《あわだ》てる。そしてスポンジで、おはぎの体をこする。

おはぎの黒い鱗が光沢《こうたく》を取り戻していく。まるで高級車のような輝《かがや》きだ。

「すごい、つぶあんのおはぎが、こしあんに変わってるみたいだ」

「くる！」

おはぎは自慢気《じまんげ》に鳴いた。こしあんで良いのだろうか。

「よし、洗うのはこれくらいで良いだろう。一緒に湯船に入るか」

おはぎを抱き上げて、共に湯船に入る。すると、おはぎはジタバタと放して欲《ほ》しそうにする。

「な、なんだ。泳ぐのか？」

そっと手を放す。おはぎはバタバタと犬かきを始めた。

「おお！　おはぎは泳げるのか」

「くるる」

ひとしきり泳ぎ回ると、満足したのか丈二の腕に戻ってくる。

「よしよし、今日はもうゆっくりしような」

「くるぅ……」

少しすると、おはぎは眠そうにウトウトとし始めた。遊び疲れた子供のようだ。

「もう上がって眠ろうな」

◇◆◇◆◇

次の日は休みだった。丈二にとって休みの日は貴重だ。

職場では休日出勤も当たり前。今日を逃《のが》したら、まとまった時間を得るのは難しい。

今日のうちに、必要なことはすませておかなければ。

「ごめんな。狭《せま》いところに入れて」

「ぐるる」

気にしないで。と言うようにおはぎは鳴いた。

おはぎは犬用のキャリーケースに入れられている。近場のペットショップで購入《こうにゅう》したものだ。おはぎなら簡単に壊《こわ》せるだろうが、大人しく入ってくれている。

丈二とおはぎは市役所にやって来ていた。モンスターであるおはぎの飼育登録と、専門の講習を受けるためだ。

「四番の方《かた》、どうぞー」

女性の受付さんの声が聞こえた。丈二はその声の元へと向かう。

「はい。今日はどうされましたか」

「モンスターの飼育登録をお願いしたくて」

「飼育登録ですね。どのようなモンスターですか？」

「ええ、この子なんですけど」

「ぐる？」

丈二はキャリーケースを持ち上げて、おはぎを見せる。

おはぎは『どうした？』と首をかしげていた。

「わー、かわいいですね。ってドラゴン!?」

受付さんの声に、周りの人の目が集まる。ひそひそと声が聞こえる。

無駄《むだ》に目立ってしまった。

「あ、すいません」

「いえいえ、大丈夫ですよ。実は――」

丈二はおはぎと出会った流れを説明した。

「もしかして、ドラゴンはダメだったりしますか？」

「い、いえ。法令上は問題ありません。手続きを進めますね」

丈二は手続きを進めて、登録の手数料を払った。

書類を記入したりと面倒《めんどう》ではあった。だが、ドラゴンの飼育手続きと考えると、簡易的な気もする。

「モンスターにはマイクロチップの装着が義務付けられています。動物病院でチップを取り付けたら、情報を登録するためにまたお越《こ》しください」

「分かりました」

そういえば、今どきは犬猫を買うにもマイクロチップが必要だった。当然ながらモンスターにも必要なのかと丈二は納得《なっとく》した。

「この後はモンスターの飼育に関する特別講習を受けていただきます」

「それって、何をするんですか？」

「ビデオを見ていただいて、簡単なテストを行うだけです」

そうして受けた講習は、本当に簡単なものだった。

こんなんでドラゴンを飼育していいのだろうか。丈二は不思議に思った。

その後、丈二たちは電器店に向かった。動画撮影用の機材を買うためだ。

ネットで頼《たの》むことも考えたが、もしも詐欺《さぎ》商品をつかまされたら怖い。

最近はネットショップのサクラも巧妙《こうみょう》になってきている。実店舗《じってんぽ》で買う方が良いだろう。

「うわ、やっぱ高いな……」

丈二は撮影用のカメラを見る。

丸い球体にレンズが付いたような見た目だ。設置式の監視《かんし》カメラにも似ている。

これは単純な機械ではなく、魔法の力を利用して動く魔導具だ。宙に浮《う》いて、撮影対象を自動で追いかけてくれる。

ダンジョンに潜《もぐ》って配信をする、ダンジョン配信者などが用いる優《すぐ》れモノ。

ペット動画を撮《と》るだけなら必要ないスペック。

しかし、おはぎはドラゴンだ。

ダンジョンに連れて行って、ストレス発散とかする必要もある、かもしれない。

そうなったときには、やはり性能の良いカメラが欲しくなるだろう。

「まぁ、貯金だけは無駄にあるしな」

働いてばかりで、使う暇《ひま》がなかったから。

「思い切って、買っちゃうか！」

丈二はカメラをレジに持っていく。支払いはクレカで。

車も持っていない丈二にとって、人生で一番高い買い物だったかもしれない。

無事に支払いを終えて外に出る。キャリーケースの中で、おはぎがゴソゴソと動いていた。

「ぐる！」

外に出たいのだろうか。ケースの入り口をカリカリとひっかいている。

ふたを壊すのではなく、音を立ててアピールしている。

やはり賢《かしこ》い子だと、丈二は親ばかを発揮していた。

「しょうがない。少し散歩しようか」

おはぎなら人を襲うこともないだろう。リードで繋《つな》いでおけば大丈夫だ。

丈二はおはぎを外に出すと、リードを手に取った。

おはぎはグッと背伸《せの》びをする。小さな翼がピンと引き伸ばされていた。

「ぐるぅ♪」

おはぎが、『次はドコに行くの？』と丈二を見上げた。

「もう終わりだから、帰ろうか」

丈二とおはぎは歩き出した。

周りには普通《ふつう》に人が歩いている。しかし、おはぎを気にしている様子はない。

こんな街中にドラゴンが居るとは思わない。トカゲのモンスターだと認識されているのだろう。

だが、気づく人は気づくらしい。

「あの！」

丈二は声をかけられた。振り向くと、おしゃれな格好をした女性がいた。

「その子って、ドラゴンですよね？」

「えーっと……そうですよ」

丈二はごまかそうかとも考えたが、止《や》めておいた。上手《うま》い言い訳を思いつかなかった。

「スゴイ！　手懐けたんですか？」

「それが――」

おはぎとの出会いを毎度のごとく説明する。

「勇気があるんですね。ドラゴンに近づくなんて……私なら怖くなっちゃうかも」

「い、いやー」

褒《ほ》められたのは嬉しいが、丈二は苦笑い。

勇気があったのではなく、ドラゴンの脅威《きょうい》を認識してなかっただけだ。

おはぎの見た目は子犬のようなもの。何かあっても、噛まれる程度だと思っていた。

まさか、あんなビームを放てるとは想像していなかった。

「あの、写真撮ってもいいですか？　ＳＮＳに上げたくて」

「いいですよ。私も動画投稿するつもりなので、宣伝してもらえるとありがたいです」

「すごい！　私も絶対に見ますね」

その後、人気ダンジョン配信者『リオン』のＳＮＳにドラゴンの写真が上げられた。

『街中で出会ったドラゴンの「おはぎちゃん」です！　怪我していたところを回復させてあげたら懐いたらしい！　近日中に動画投稿も始めるとか！』

その投稿にはたくさんコメントが寄せられた。
『可愛い！』
『ドラゴンって懐くの⁉』
『子供のドラゴン初めて見た！』
『絶対に動画見なきゃ！』
おはぎは、丈二が知らないところでバズり散らかしていた。

# 第二話　ドラゴンの動画デビュー

「よし、じゃあ撮影《さつえい》をしてみるか」

時刻は夕方。寂《さび》しげな光が窓から差し込《こ》んでいる。

丈二《じょうじ》の隣《となり》には、丸いカメラがふわふわと浮《う》いている。いつでも撮影できる状態だ。

「ぐる！」

おはぎは、自信満々にカメラを見ている。

うすうす気づいていたことだが、おはぎには人の言葉が分かっているのだろう。撮影にもやる気を出してくれている。

さぁ撮影をしようと意気込んだ。しかし、丈二はふと気づく。

「……何を撮影すればいいんだ？」

なにを撮《と》ったら見てもらえるのだろうか。

やはり面白《おもしろ》いもの？　面白いってなんだ？

ぐるぐると考えるほど、思考は深みにはまっていく。なにを撮影したらいいのか分からない。

ぐぅー。

おはぎのお腹《なか》が鳴いた。もう夕方だ、お腹が空《す》いたのか。

「とりあえず、ご飯食べてるところでも撮るか」

考えていても仕方がない。なにかしら上げてみればいいだろうと、丈二は思いなおす。

「ぐるぅ♪」

おはぎも嬉《うれ》しそうに鳴いた。

丈二はカメラを操作して撮影を始める。カメラは勝手におはぎを追いかけている。

おはぎの食事に関してだが、とりあえず丈二と同じものを食べることにした。

獣医《じゅうい》に電話して聞いたところ、

『確かなことは言えませんが、おそらく人間が食べるものなら大丈夫なはずですよ。簡単に殺せる方法がなくて困っているくらい、ドラゴンは頑丈《がんじょう》な生き物ですから』

ということだった。

ドッグフードなども試《ため》しに与《あた》えてみたのだが、あまり気に入らないらしい。唐揚《からあ》げに比べると美《お》味《い》しくないのだろう。

「よし、ちょっと待ってろよ」

丈二は自炊《じすい》を始めることにした。あまり料理をしたことはないので、とりあえず簡単なものから。

用意したのは、厚切りの豚肉《ぶたにく》、それと市販《しはん》のソースだ。豚肉を焼いて、ソースをからめるだけ。

出来上がるのはポークステーキ。とても簡単だ。

あとは千切りにされたキャベツと一緒《いっしょ》に盛り付ける。

これを料理と言っていいのか分からないが。とりあえず食べられるものは作れる。

◇◆◇◆◇

丈二が投稿《とうこう》予約した動画は、初めての投稿にもかかわらず多くの視聴者《しちょうしゃ》が公開前に待機していた。

その動画サイトでは、公開直後のみリアルタイムでコメント機能が付いている。

コメント欄《らん》は目まぐるしく動いていた。

動画にドラゴンが映る。ドラゴンは不思議そうにカメラを見つめていた。


『めっちゃ、つぶらな瞳《ひとみ》やん！』

『え、これＣＧ？』

『ガチっぽいぞ？』

『ＳＮＳに実際に会った人の画像上がってるぞ』


「おはぎ、カメラが気になるのか？」

優《やさ》しそうな男性の声が聞こえる。おはぎの頭が撫《な》でられた。

おはぎは気持ちよさそうに目を細める。


『おはぎちゃんって言うのか』

『ドラゴンに付ける名前じゃないだろｗｗｗ』

『デカくなってもおはぎって呼ぶのかなｗｗｗ』

「待ってろよ、今からご飯作るからな」

おはぎがパタパタと翼《つばさ》を動かすと、ふわりと浮かび上がった。

それを追うようにカメラも動く。

キッチンには調理器具と、豚肉や市販のソースが並べられている。

『え、人間と同じもの食べさせるの？』

『犬チョコ案件？』

『ドラゴンがそんな簡単に死ぬわけないやろ』

『アイツら何喰《く》っても平気だぞ。探索者《たんさくしや》が持ち込んだ食料を、まるごと食われた報告なんていくらでもある』

一瞬《いつしゆん》、コメント欄が炎上《えんじよう》しかけたが、すぐに鎮静化《ちんせいか》した。

『手洗った？』

『まな板洗った？』

『豚肉洗った？』

『洗った厨《ちゆう》洗った？』

くだらないコメントで焦《こ》げ付いたコメントは洗い流されていった。

おはぎはパタパタと飛び回りながら、料理の様子を見つめている。

『邪魔《じゃま》しないなんて、ドラゴンって頭良いんだなぁ』

『個体にもよるけど人間と同じくらいの知能を持ってるらしいぞ』

『料理の邪魔してくるウチの子供より賢《かしこ》い……』


「よし、できたぞ」

男性はテーブルの上に、千切りキャベツと盛り付けられたポークステーキを置く。

その前に、おはぎも座《すわ》った。

「いただきます」

「ぐるるぅる」

おはぎは『いただきます』を真似《まね》するように鳴いた。

「スゴイな！　真似したのか？」

「ぐるぅ♪」

「偉《えら》いぞー」

男性がおはぎの頭を撫でる。


『スゲー‼』

『おはぎちゃんには、しつけ要《い》らないなｗｗｗ』

『このとき人類は気づいていなかった、ドラゴンたちが知能を付けて世界を征服《せいふく》することを』

『竜《りゅう》の惑星《わくせい》やめろｗｗｗ』


「さ、食べような」

「ぐる！」

おはぎはポークステーキを静かに食べ始める。ソースが飛び散らないように、気を付けているようだ。しっかりと、キャベツも食べている。


『野菜食べてて偉い！』

『俺《おれ》の方が野菜食える』

『張り合うなｗｗｗ』


おはぎは食べ終わると、ぺろりと口の周りを舐《な》めた。


『ペロかわ』

『おはぎちゃんは美味《うま》そうに食うな』

『ポークステーキ食べたくなってきた』

『これ、ソースの案件では？』

LIVE

「お、食べ終わったのか。美味しかったか？」

「ぐる！」

おはぎは勢いよく返事をした。

「じゃあ、撮影はここまでかな。さよならー」

男性の手がカメラに写る。バイバイと手を振《ふ》った。

「ぐるるー」

おはぎは手招きするように、手をちょいちょいと動かした。


『かわいいーーー‼』

『なんだ最後の！』

『あざとすぎだろ⁉』

『ママー、俺もドラゴン飼いたい』

『ハムスターで我慢《がまん》しなさい！』

『お前、ハムスターなめただろ。ひまわりの種みたいに噛《か》み砕《くだ》いてやるから覚えておけよ』

『ハムスターさん激おこ定期』

◇　◆　◇　◆　◇

「なんだこの再生数……」

丈二はスマホの画面を見て、アゴが外れるかと思った。

丈二は会社のオフィスの自席に座っていた。

就業前の時間に、昨日の夜に上げた動画をチェックした。そこに表示されていたのは、とんでもない再生数。

これなら、収益化もすぐだろう。

丈二が動画を投稿しているサイトでは、チャンネル登録者数と動画の総再生時間によって収益化基準が設けられている。

どちらも容易に超《こ》えられそうなほどに、おはぎの動画は好評だった。

（でも、初投稿でここまで伸《の》びるのはおかしいよな？）

ＳＮＳを使って調べてみる。すると、視聴者たちがドコから流れてきたのか分かった。

「そうか、あのおしゃれな女性は有名人だったのか」

買い物の途中《とちゅう》で出会った女性。彼女《かのじょ》が有名なインフルエンサーだったらしく、動画を紹介《しょうかい》してくれたらしい。

それをきっかけにして一気に拡散。一晩のうちに、再生数が爆上《ばくあ》がりしていた。

「おはぎ、今晩は昨日よりも美味しいご飯を用意してあげるからな」

丈二はおはぎに感謝する。お礼に良いお肉を買って帰ろう。

スマホの画面を切り替《か》える。家にはペット用のカメラを設置しておいた。

アプリを立ち上げると、おはぎの現在の様子が写っている。座布団の上で、くーくーと寝息《ねいき》を立てていた。

出てくるときは寂しそうにしていたが、とりあえず大丈夫そうだ。

ほっこりとする丈二。その耳に、ゾンビのうめき声が聞こえてきた。

「うー。ぜんぱい、おあようございみゃす」

失礼。まだ生きている人間だった。

丈二が顔を向けると、そこにはスーツ姿の女性。目元には真っ黒なくまができていた。勤めている会社の黒さを表現しているようだ。

「牛巻《うしまき》、大丈夫か？　休んだ方がいいんじゃないか？」

彼女は『牛巻恵《めぐみ》』。丈二の後輩《こうはい》だ。

牛巻はドンと、テーブルに荷物を置く。そしてエナジードリンクを取り出した。

プシ！　ごくごく!!

勢いよく、それを飲んでいく。牛巻は缶《かん》を持ち上げながら、上を向いていく。

やたらデカい胸が強調されて、目のやり場に困るから止《や》めて欲《ほ》しい。丈二は気まずくなって目をそらした。

ガン!! 力強く缶が置かれた。

「先輩、ここが踏《ふ》ん張りどころなんですよ。私はVTuberとして成功して、この会社におさらばするんです！」

牛巻は最近、VTuberとしてデビューしたらしい。アバターは自費で作った。いわゆる個人勢だ。

機材等を含《ふく》めて、結構な金額がかかったらしい。

「私が有名になったら、先輩のこともマネージャとして雇《やと》ってあげますよ」

「ああ、うん、ありがとう」

牛巻は半ばやけくそになっているように見える。あまり動画の伸びはよくないらしい。

コンコルド効果が働いているのだろう。損失が出ると分かっていても、投資した金額分を惜《お》しんで止めることができない心理効果だ。

「そろそろ、時間になるから準備しような」

丈二は優しく言った。これ以上、牛巻にストレスをかけるべきではない。なるべく仕事面のフォローはしようと考える。

しかし、仕事が始まってすぐに、ストレス源がやって来た。

「おう、お前らやってるか？」

ドシドシと足音を立てて入ってきたのは『虻川《あぶかわ》社長』だ。

ギラギラとした、高そうな時計を着けた中年の男。社長と言っても、親の後を継《つ》いだだけの人だが。

「お前らは、俺が見張ってやらないと、すーぐにサボるからなぁ」

この蚯川社長が会社のガンだ。

丈二たちが働く会社は広告代理店。特に『探索者』向けの製品宣伝に強い。

だが、この蚯川社長は探索者をバカにしている。頭の悪いやつらがやる荒《あら》仕事だと差別している。

そんな言動を取引先でもしたせいで、優良な取引先をいくつも失った。

その損失を埋《う》めるように、安い仕事を引き受け始めた。

しかし安い分、たくさん引き受けなければいけない。

結果として、丈二たちの労働時間が延びて行く。経費削減《さくげん》の名目で、給料も上がりづらい。

仕事は大変になっていくのに、給料は上がらない会社の出来上がりだ。

「よぉ牛巻、今日も牛みたいな胸だな」

蚯川社長が牛巻の肩《かた》に手をのせる。

牛巻は虫に這《は》われたように、『うげぇ』と顔を歪《ゆが》ませる。

この会社に若い女性社員は牛巻ぐらいしかいない。少し前までは居たのだが、蚯川社長のセクハラに耐《た》えかねて退職していった。

しかし、今の牛巻に会社を辞《や》めるほどの余裕《よゆう》はない。ちょうど散財した後だ。

なんとかして、社長のセクハラを止めよう。丈二は蚯川社長に声をかけた。

「社長、そう言った言動はセクハラに当たりますよ。止めておいた方がいいんじゃないですか」

「あぁ？」

ドン！　威圧《いあつ》するように、蛇川社長は丈二の机に手を置いた。

「俺はただ、社員との交流を深めているだけだぞ？　なにを勘違《かんちが》いしてるんだ？」

普段《ふだん》の丈二なら、疲《つか》れていて蛇川社長の相手なんてしてられなかった。だが、今の丈二はおはぎのおかげで英気が養われている。この程度で怯《ひる》みはしない。

「勘違いされる時点で問題です」

「お前なぁ‼」

「社長」

蛇川社長が怒鳴《どな》り返そうとしたところで、声がかかる。

声をかけたのは丈二の上司。キリッとしたメガネ姿の頼《たよ》りになる人だ。

「なんだよ⁉」

「この後の来客のために、もう一度確認していただきたい書類がございます」

「そんなことは後にしろ‼」

「いえ、今回の商談は失敗するわけにはいきません。ギリギリまで準備を重ねるべきです」

「……ッチ！　分かった。さっさと社長室に資料を持ってこい！」

オフィスの扉《とびら》を蹴飛《けと》ばすようにして、蛇川社長は出て行った。上司はＵＳＢを手に取って、それを追いかける。

「あんまり無茶するなよ」

上司はすれ違いざまに、ポンと丈二の肩を叩《たた》いて行った。

お昼休み。今日は仕事量が少なめだ。ひさしぶりに、外にでも食べに行こうかと丈二は席を立つ。

それと同時に、机に置いていたスマホが震《ふる》えた。スマホの通知画面には懐《なつ》かしい名前。

『葉面元気《はつらげんき》』。以前取引していた企業《きぎょう》の人だ。

商談かもしれない。丈二は急いで電話を取る。ちなみに、スマホからは耳を離《はな》していた。

「やぁ‼　牧瀬《まきせ》さん‼　久しぶりだねぇ‼」

スピーカーモードかと勘違いするような爆音が響《ひび》いた。オフィスに声が響いて、ちょっと恥《は》ずかしい。

葉面はその名前を体現するように元気が良くて声がデカい。

「お久しぶりです。今日はどうされたのですか？」

「実は御社《おんしゃ》の近くに来ていてねぇ‼　久しぶりに一緒に食事でもどうかな⁉」

丈二は葉面に良くしてもらっていた。

しかし、食事に行くほどの仲ではない。これは商談だろう。

「分かりました。ぜひご一緒させてください」

「ありがとう‼　それじゃあ――」

葉面から場所を指定される。近場にあるちょっとお高めのカフェを指定された。食事のボリュームがあるところなので、大食漢である葉面の趣味《しゅみ》だろう。

「分かりました。すぐに向かいます」

丈二はスマホをポケットにしまって、オフィスから出ようとする。

しかし、それを邪魔する影《かげ》があった。

「なんだ丈二。ちゃんと働いてるじゃねぇか」

虻川社長だ。どうやら丈二の電話を聞いていたらしい。葉面がスピーカーモードみたいな声量で喋《しゃべ》っていたので、筒抜《つつぬ》けだったのだろう。

ちなみに、午前中の商談は社長の失言で吹《ふ》っ飛んだらしい。社長室でそのことについてキレ散らかしていた。

朝の丈二とのいざこざを思い出して、ストレス発散にパワハラをしに来ていたのかもしれない。

「まさか、長野《ながの》製薬とアポ取ってるとはなぁ」

長野製薬。それが葉面の勤めている会社だ。

大手の製薬会社であり、特に健康食品に強い。

主力商品は、保存がきく栄養調整食品、栄養ドリンク、スポーツドリンクなど。

ダンジョンに潜《もぐ》る探索者向けの食料品も多い。

以前は丈二たちの会社とも取引があった。だが社長が替わった後に、契約《けいやく》を打ち切られた。

原因は、目の前に居る虻川社長の失言。

SNSで長野製薬の商品がマズいと発言していた。ネットリテラシーの欠片《かけら》もない男である。

ちなみに虻川がディスっていた商品は美味しいと評判だった。この男の舌が、塩と脂《あぶら》の味しか分からないだけである。

「よし、俺も付いて行ってやる。社長が直々《じきじき》に出た方が、相手も気分が良いだろう」

どの面《つら》を下げて会いに行くつもりなのだろうか。久々の大口取引かもしれないのに、こんなのに出張られては困る。

「いえ、私一人で――」

「おいおい、久しぶりのデカい案件だ。テメェに任せて失敗したらマズいだろう?」

嘘《うそ》を吐《つ》け。自分の手柄《てがら》にしたいだけだろう。

しかし、ここまでしつこくされると丈二には断り切れない。こんなのでも会社の長だ。命令には従うしかない。

「……分かりました。では、先方に連絡《れんらく》を」

「そんなのいらねぇよ。俺がいきなり出た方が、サプライズを演出できるだろ」

(サプライズってなんだよ⁉ お誕生日会じゃないんだぞ⁉)

そう突《つ》っ込みたくなったが、丈二は黙《だま》っておいた。もう好きにしてくれ。


丈二たちがカフェに向かうと、そこには見知った顔が二つ。

「いやぁ、久しぶりだねぇ! 牧瀬さん‼」

大柄の中年男性が元気よく喋る。まるで大声選手権でもやっているようだ。彼《かれ》が葉面元気。

現在は広報部の部長をしているらしい。

「まさか、葉面部長と牧瀬が知り合いとは驚《おどろ》いたよ」

続いて話したのは丈二と同い年くらいの几帳面《きちょうめん》そうなメガネの男性。老《ふ》けて見える丈二に比べて若々しい。

彼は『古畑一善《ふるはたいちぜん》』。丈二の大学時代の友人だ。そういえば、彼は長野製薬に就職したと聞いていた。

「失礼。私もご一緒させていただきますよ」

丈二の後ろから、虻川社長がぬっと現れた。

ちょうど、仕切りの奥《おく》に居たため二人からは見えていなかった。

虻川社長の顔を見た長野製薬の二人。その顔が困惑《こんわく》に歪む。

葉面がいつもの元気をひそめた。

葉面も虻川社長がＳＮＳで失礼な発言をしていたのは知っている。どの面を下げて顔を出したのか不思議なのだろう。

「おや、どうして貴方《あなた》が？」

「サプライズですよ。弊社《へいしゃ》が関係する話であれば、牧瀬よりも私を通した方が早いでしょう？」

「いえ、今回は牧瀬さん個人に用があって足を運びました。貴方に用事はありません」

葉面はキッパリと言い切った。

「ま、牧瀬個人への用事とは？」

虻川社長のこめかみに血管が浮かぶ。大企業との契約のチャンスかと思ったら、丈二への用事でピキッと来たのだろう。

「……実は、牧瀬さんに商品の宣伝を頼《たの》みたくてね」

葉面は虻川社長を白い目で見ながら返答した。しかし口から出てきたのは、ただの仕事の依頼《いらい》だ。

「なんだ。弊社との契約の話じゃないですか！」

パッと社長が顔を明るくした。だが葉面は首を横に振った。

「いや、牧瀬さん個人への依頼です」

「……はぁ⁉」

虻川社長の目がガン開き。アゴが落ちそうなほどに口を開いた。

もちろん丈二も驚いた。どういうことかと古畑を見る。

「動画、見させてもらったよ」

動画。そう言われて丈二はドキッとする。おはぎを撮影した動画のことだろうか。

「ど、動画とは？」

虻川社長が疑問を挟《はさ》む。

「こちらですよ。ドラゴンを飼育している動画です」

「ど、どらごん⁉」

古畑が社長にスマホを見せる。そこには、おはぎが映っていた。

だがどうして、丈二だと分かったのか。古畑はそれを察したように、すぐ答えてくれた。

「動画を見て違和感《いわかん》があってな。どこかで見た風景だと思ったんだ」

大学時代。古畑を含む友人たちと、丈二の家で飲み会をしていた。その時のことを覚えていたのだろう。

「それで細かく動画を解析《かいせき》してみたんだよ。ほら、おはぎちゃんの瞳にお前の顔が映ってる」

古畑はスマホを見せてくる。

おはぎの瞳をアップにした画像。そのつぶらな瞳には、丈二の顔が映っていた。

「うぉ、マジかよ……」

SNSに上げた自撮《じど》り画像。その瞳から場所の特定などができると聞いたことはあった。

当時はフーンくらいにしか思わなかった。しかし、いざ自分が特定される立場になると驚きだ。

こんなに早く丈二を特定して、仕事の依頼に来るとは……。やり手の仕事人は、行動速度も速いのかと丈二は驚く。

「そんなわけで、御社との契約の話ではないのです。ご理解いただけましたか？」

葉面は厳しい目で虻川社長を見た。事前連絡なしに連れてきたのも、虻川社長の仕業《しわざ》だと察しているのだろう。以前のSNSの件もあって、虻川社長の評価は暴落しているらしい。

社長はがっくりと肩を落として、魂《たましい》が抜けたように放心していた。

その後は特にごたごたは無かった。そして具体的な話については、また後で連絡を取ることになった。

その日、丈二は定時で仕事を終えた。

ペットカメラで確認《かくにん》していたが、それでもおはぎが心配だったからだ。

それに、定時で帰るとぐちぐち言ってくる虻川社長は、魂が旅立っている。丈二以外の社員も、さっさと帰っている姿が見えた。

会社から出ると、丈二を追いかけるように牛巻が付いてくる。

「先輩、お昼は何があったんですか？」

牛巻も虻川社長が放心していたことは知っている。気になって丈二に聞いてきたのだろう。

「あー、実はな――」

牛巻におはぎのことを話すか迷った。だが牛巻ぐらいにならいいだろうと、話すことにした。

それに、おはぎの自慢《じまん》もしたかった。

話を聞き終わると、牛巻は丈二に抱《だ》き着いてきた。ドキッとするから止めて欲しい。

「ぜんぱい‼　わたじのこと雇ってぐだざい‼」

牛巻の顔は、涙《なみだ》と鼻水でぐちゃぐちゃになっている。その状態でくっつかれると、体液がスーツに付くから止めて欲しい。

「もう、あんな職場嫌《いや》なんです‼　残業多いし、給料安いし、社長はセクハラしてくるし‼」

気持ちは分かる。分かるが離れて欲しい。

丈二はやんわりと牛巻を押《お》し返すが離れない。ギュッと抱き着かれている。

「VTuber活動も上手《うま》くいかないんです！　人気でないんですよ！　お金かけたのに‼」

周りの人たちに注目される。

「でも動画編集とか、ＳＮＳの運営とかもできますから！　だから雇ってください‼」

ひそひそと声が聞こえる。どうやらカップルの痴話《ちわ》げんかに見えるらしい。

気まずい。丈二はいたたまれなくなる。

「わ、分かったから落ち着いてくれ、考えとくから」

「絶対ですよ⁉」

実際のところ、丈二は動画編集やＳＮＳの運営はやったことがない。それを手伝ってくれるなら、悪い話ではない。

「社交辞令じゃなくて、前向きに考えとくよ」

そう言って、なんとか牛巻をなだめて帰らせた。


「ただいまー」

丈二はガラガラと玄関《げんかん》を開ける。帰りに寄ったスーパーの袋《ふくろ》を廊下《ろうか》に置く。

カツカツと足音が近づいてきた。

「ぐるるるぅぅ‼」

おはぎは走ってくると、勢いよく丈二に飛びついた。

「ぐほぉ⁉」

みぞおちに衝撃《しょうげき》が走る。ちょっとキツイ。

「ぐる？」

なんとかおはぎは受け止めた。腕《うで》の中のおはぎが、『どうした？』と見つめてきた。

「いや、俺が貧弱《ひんじやく》なせいだよ。ただ、もうちょっとだけ手加減して欲しいかな」

おはぎを優しく撫でて、床《ゆか》におろす。

そして袋を持って、台所に向かった。中身を冷蔵庫に移していく。

その様子をおはぎは興味津々《しんしん》に眺《なが》めていた。丈二の動きに合わせて首を振る。

まるでメトロノームのようだ。

丈二は袋の中身を片付けて、最後の物を取り出した。

「ほら、これはおはぎに買ってきたものだよ」

「ぐるぅ？」

おはぎは首をかしげる。

犬用のビーフジャーキーだ。スーパーで売っていた中では、一番高いのを選んでみた。

「おやつだぞ。動画を撮りながら食べような」

「ぐるぅ！」

おはぎも喜んだ。なにか良いものだとは理解してくれたらしい。

◇◆◇◆◇

動画に行儀《ぎようぎ》よく座ったおはぎの姿が映る。

ジッと上を見つめていた。

『上目遣《うわめづか》いおはぎちゃんきゃわわ』

『きょとんとした顔が良いなｗｗｗ』


「おはぎ、まずはお手だ」

おはぎが見つめている方から、左手が差し出された。

「ぐる？」

おはぎは不思議そうに、その手の匂《にお》いを嗅《か》ぐ。


『そりゃそうだｗｗｗ』

『お手を教え始めるとこからかｗｗｗ』


「おはぎ、こうやるんだぞ」

男性はおはぎの右手を掴《つか》んで、自身の左手にのせた。

「これが『お手』だよ」

「ぐるぅ！」

『分かった！』と力強くおはぎが鳴いた。

『そんなすぐ覚えられんの？』

『無理やで』

『でも、おはぎちゃん賢いからな』


「おはぎ、お手」

「ぐる！」

サッとおはぎは『お手』をする。


『すげぇ!?』

『マジでドラゴンって賢いんだな……』

『俺もお手できる』

『なんで定期的に張り合うやつがでてくるんだｗｗｗ』


同じような手順で、一通りの芸を教えていく。

「おかわり」

「ぐる！」

男性の右手に左手をのせる。

「ごろん」

「ぐるぅ」

おはぎはくるりと一回転する。

「ふせ」

「ぐる」

おはぎは、サッと低い姿勢をとる。

「偉いぞおはぎー」

「ぐるるぅ♪」

男性はわしゃわしゃと、おはぎを撫でまわす。おはぎは嬉しそうにはしゃいでいる。


『短時間でここまで覚えるんか……』

『モンスター育成中のワイ。嫉妬《しっと》で気が狂《くる》いそう』

『こんな物覚えの良いモンスター、そうそういないからな。育成エアプは勘違いするなよ？』


「ご褒美《ほうび》のおやつだぞ」

カメラの前にジャーキータイプのおやつが出てくる。袋を開けて、ジャーキーを一つ取り出した。

「おはぎ、お手」

「ぐる」

おはぎはサッとお手をする。

もう慣れたものだ。

そしてジャーキーをおはぎの前に差し出す。スンスンと匂いを嗅いだ後、ぱくりと食いついた。

気に入ったようだ。アムアムとジャーキーを食べ進める。しかし、半分ほどなくなると、食べるのを止めてしまった。

「どうした、食べないのか？」

「ぐるぅ」

おはぎはジッとカメラを、その奥に居る男性を見つめている。

「もしかして、俺にくれるのか？」

「ぐるぅ♪」

おはぎはうんうんとうなずいた。

「ありがとうな。でもコレはおはぎが食べちゃっていいぞ」

おはぎにジャーキーを近づける。

『いいの？』と首をかしげる。すぐにアムアムと食べ始めた。


『おはぎちゃん、良い子！』

『俺はオヤツ分けられない』

『敗北してて草』

おはぎはあっという間におやつジャーキーを食べ終わる。

「それじゃあ、最後にもう一個だけ挑戦《ちようせん》してみようか」

「ぐる？」

男性の手がカメラの前に写る。その手にはボールを持っていた。カラフルなプラスチック製のやつ。いわゆるカラーボール。

「おはぎ、このボールを撃《う》ち落とすんだ」

『は？』

『なにいってだこいつ？』

「おはぎ、あれだよ。口から出したやつ」

男性はなにやら、身振り手振りでおはぎに説明しているようだ。

カメラには写っていないため分からないが。しかし、おはぎはなにやら理解したらしい。

「ぐる！」

力強く返事をした。

おはぎたちは庭に出る。子犬が走り回れるくらいには広い。

「おはぎ、ビーム！」

男性はボールを何もない方向に投げる。

ビュン‼

おはぎの口から細い光線が飛ぶ。それはボールに当たると、小さな爆発を起こした。

半壊《はんかい》したボールが転がる。


『なんだこれ⁉』

『これ、ドラゴンの咆哮《ブレス》では？』

『そうか、ドラゴンだから使えるよな……』


「まだまだ行くぞ！　ビーム！」

ポイポイポイっと三個のボールが投げられる。

ビュン！　ビュン！　ビュン！

おはぎはそのすべてを撃ちぬいて見せた。


『探索者なんですけど、ドラゴンってどこで拾えますか？』

『道端《みちばた》で怪我《けが》してたらしいぞ』

『おっしゃ、深夜徘徊《はいかい》してくるわ』

『はい不審者《ふしんしゃ》』

「スゴイなおはぎ‼　おはぎは天才だ‼」

ドヤッと、おはぎは誇《ほこ》らしそうだ。

「そのうち、ダンジョンにも行ってみような」

「ぐるぅ‼」

男性がワシワシとおはぎを撫でる。

そこで動画は終了《しゅうりょう》した。

◇◆◇◆◇

「やばい！　遅刻《ちこく》する！」

丈二は街中を走る。

昨日の夜。おはぎのビーム練習に興奮して、なかなか寝付けなかった。結果として、いつもより遅《おそ》い時間に起床《きしょう》。

しかし、ギリギリ間に合う時間だ。丈二は大慌《おおあわ》てで家を飛び出して、会社へと向かった。

「はぁはぁ、せ、せーふ」

丈二は、ハァハァと息を切らしながらオフィスに入る。

「え、なんだ、遅刻してないよな？」

丈二がドアを開けると、オフィスは静まり返っていた。開ける前までは、むしろ騒《さわ》がしかったはずなのに。

オフィスの真ん中には蛇川社長。蛇川社長はずんずんと丈二に近づく。

「お前がドラゴンを飼っていることは事実なんだな？」

ああ、なるほど。丈二は理解した。オフィス中の視線が丈二に集まっている。

これは社長が言いふらしたことが原因だろう。

「え、ええ。そうですけど」

「ふむ」

社長は考え込むように、あごに手を当てる。数秒ほどたつと、ニヤリと笑った。

なにか思いついたのだろう。ろくな事じゃなさそうだ。

「よし、そのドラゴンを我が社に渡《わた》せ」

「……はぁ⁉」

社長から出てきたのは思いがけない提案、いや命令だった。

「金なら出す。四百万ほどでいいか？」

「……」

「どうした、お前の年収よりも上だぞ。喜べ」

良いわけがない。

丈二がおはぎと出会ってから、まだ数日だ。それでも大切な家族だと思っている。おはぎだって同じ想《おも》いと信じている。

たとえ、どれだけの金額を積まれようとも、家族を売り渡すつもりなんてない。

「無理です」

きっぱりと丈二は言い切った。

それが気に入らないのだろう。蛇川社長のこめかみがぴくぴくと震えている。

蛇川社長が肩に手をのせてきた。グッと力が入っている。丈二を押しつぶそうとするように。

「牧瀬、よく考えろ。あのドラゴンが居れば、我が社の業績はグッと伸びる。そうなれば皆《みな》が得をするんだ」

社長は大仰《おおぎょう》に手を広げた。オフィスにいる社員に見せつけるように。

「お前は大金を手に入れて、会社の運営状況《じょうきょう》も良くなり、社員たちも楽になる。皆が幸せになるんだよ」

この社長が社員の幸せなんて考えるはずがない。同調圧力で押し切るために、社員を味方に付けようとしているのだろう。

だが誰《だれ》に何を言われようとも、丈二に引き下がるつもりはない。丈二はお腹に力をこめる。

もう一度、断固とした拒否《きょひ》を示そうとした。

だが、その必要はなかった。丈二の上司が近づいてくる。昨日、牛巻にセクハラをしていた件でも助けてくれた上司だ。ちなみに役職的には部長。

「社長。少しお話があります」

「あ？　後にしろよ」

「大事な話なので」

社長が機嫌《きげん》悪そうに言い捨てたが、部長は引き下がらなかった。

「社長、これを」

部長が何かを手渡した。それは、

「……た、たいしょくとどけぇ⁉」

虻川社長の間抜けな声がオフィスに響いた。

「それは私の分です。それとこちらも」

部長はさらに何枚もの退職届を取り出す。

「他にも複数の社員から預かっています」

「ふぁ⁉　な、なんで、お前らどうして⁉」

「提出されていたのを、私の方で止めていました。もちろん本人も了承のうえで」

あの人数に出ていかれたら、残った従業員への負担はすごいことになるだろう。

丈二は決意する。乗るしかない。このビッグウェーブに！

「あの、私も出しときます」

丈二は机の中から退職届を取り出すと、虻川社長に渡した。

「あ、俺も」「私も！」

次々と社長の手には退職届が溜《た》まっていく。卒業式に人気の先生が貰《もら》う花束みたいな状態だ。こもっている情には天と地の差があるが。

「昨日の夜のうちに書いといて良かったー」

牛巻もその上に、退職届を載《の》せた。

その紙きれ一枚の重さに耐えきれなくなったように。ドサリと社長が倒《たお》れた。

「あ、あれ。わたし何かやっちゃいました？」

そっと牛巻は社長から離れた。殺人現場から逃《に》げるように。

「な、なんで、どうして――」

社長は天井《てんじょう》を見つめたまま、ぶつぶつと呟《つぶや》いている。あれはもう駄目《だめ》だろう。

そんな社長を無視して、皆は自分の机へと戻《もど》っていく。

退職するにも準備が必要だ。最低限のことをやったら、あとは有休を消化すればいい。

幸いなことに有休は大量に残っている。なぜなら、使わせてもらえなかったから。

「あの、部長。どうして急に」

丈二は部長に声をかけた。どうして急に退職届を出したのか、それが気になった。

「実は、新しい会社を立ち上げることが決まっていてな。事前に退職届を出した社員たちにも話してある。これから、他の奴《やつ》らにも声をかける予定だ」

「そ、そうだったんですか」

部長は肩をぽんぽんと叩く。

「本当は牧瀬も誘《さそ》おうと思ってたんだけどな。牧瀬はおはぎちゃんと頑張《がんば》るんだろう？　なにか困ったことがあれば、いつでも相談してくれ。逆にウチから依頼することもあるかもしれないけどな」

「はい。ありがとうございます」

最後に、部長は耳打ちするように話しかけてきた。

「それと、そのうち飲みに行こう。負けたままは悔《くや》しいからな。俺のビーフジャーキーを分けてやるよ」

「……は？」

部長はそう言い残すと、自分の席に帰っていった。

ビーフジャーキーと聞いて思い浮かぶのは、昨日のおはぎのことだが……。

丈二は首をひねるが、どういう意味か分からなかった。


数日後。会社は無事に退職できた。現在は有休消化期間だ。

そして丈二は家で人を待っていた。

「ぐるぅ」

丈二の膝《ひざ》の上には、おはぎが乗っている。体温が心地《ここち》いいのだろう。ゆったりと眠《ねむ》っていた。

しかし、ずっと膝の上に乗られると痛くなってくる。丈二は起こさないように、そっとおはぎをどけた。

「ぐる？」

しかし、おはぎは目を覚まして、再び丈二の膝に乗ってくる。

ダメだこりゃ。

我慢して、布団《ふとん》代わりになることを丈二は選んだ。それから数分ほど待っていると。

ぴんぽーん。インターホンが鳴った。

「ごめんなおはぎ、ちょっとどいてくれるか？」

丈二はおはぎを下ろす。玄関に向かおうと立ち上がる。

びりり！　足に電流が走る。おもわず丈二は転んでしまった。

「やばい、足がしびれた」

丈二は這うようにして、玄関に向かう。

「ぐるぅ？」

おはぎは『なにやってるの？』と不思議そうに丈二に付いてくる。

「カギはかかってないから、入ってくれ！」

「はーい」

がらがらと玄関が開く。そこには私服姿の牛巻がいた。怪《あや》しむように丈二を見ている。片手には膨《ふく》らんだエコバッグを持っていた。

「先輩、なにやってるんですか？」

「おはぎを膝に乗せていたら、しびれてしまってな」

「あちゃー、なかなか間抜けですね」

呆《あき》れたように牛巻は笑った。

「あ、おはぎちゃん！」

おはぎに気づくと、牛巻はパッと顔を明るくした。エコバッグを廊下に置くと、バッとおはぎに近づく。

しかし、おはぎは廊下の奥に逃げてしまった。

「ぐる⁉」

どうやら警戒《けいかい》しているらしい。

「えー、なんで逃げちゃうの？」

「いきなり近づくからだろ。もう少しゆっくり距離《きょり》を詰《つ》めろよ」

「じゃあ仕方がない。先輩で遊ぼう」

「は？」

牛巻は丈二の背中側に回る。そして、

「つんつーん」

「うぐぁ⁉」

丈二の足をつっき出した。しびれた足にビリビリと衝撃が走る。

「お前、なにしやがんだ！」

「ほーら、おはぎちゃん、音の出るおもちゃだよー」

「俺はおもちゃじゃねぇ！」

おはぎはテクテクと牛巻に近づく。そのマネをするように、ちょいちょいと丈二の足をつついた。

「ぐぉ⁉　おはぎ、止めなさい！　そのバカの真似をしちゃ――」

「えーい」

「ぐぇ⁉」

おはぎと牛巻に足を触《さわ》られて、丈二はもがく。新手のプレイかな？

しかし、いつまでも足がしびれているわけでもない。平気になってきたところで、丈二は勢いよく立ち上がった。近場にあったスリッパを拾う。

「この、馬鹿野郎《ばかやろう》が‼」

スパーン‼

気持ちのいいほどの音が響く。スリッパで牛巻の頭をはたいた。

「いったぁ⁉　なにするんですか先輩！　パワハラですか、家庭内暴力ですか⁉」

「家庭内じゃねぇし、お前が仕掛《しか》けてきたんだろうが！」

牛巻は頬《ほお》を膨らませる。本気で怒《おこ》ってるやつは絶対にやらない動作だ。

「もう、せっかく場を和《なご》ませようとしたのに」

「余計なお世話だ」

丈二は吐き捨てる。ふと、牛巻が持ってきたエコバッグが気になった。

「それよりも、この荷物はなんだ？」

「おはぎちゃんのために買ってきたおもちゃと、お昼ご飯の材料です。まだ食べてないですよね？」

牛巻に返事をするように、丈二のお腹がぐぅと鳴いた。

その様子を見て、牛巻はクスリと笑った。年長者として恥ずかしいところを見せてしまった。

丈二は少し気まずくなる。

「ふふ、すぐに準備しますね。台所はどこですか？」

「ああ、こっちだ。悪いな」

「いえいえ、感謝は給料として示してください」

牛巻はいたずらでも成功したように、にひっと笑った。こういう表情を小悪魔とか言うのだろう。

牛巻を台所に案内した。

おはぎはその様子が気になるようだ。丈二はおはぎを抱いて、共に台所を見守る。

エプロンを着けた牛巻が、せわしなく動いている。

トントンと小気味のいい包丁の音。鍋《なべ》とお玉がすれる金属音。

自宅の台所に、自分以外の人間が居るのが不思議だった。

幼いころに母が料理していた姿を眺めていたような感覚。懐かしくて、安心して。寂しくもあって、嬉しくもある。

つい、ぼんやりとその光景を眺めてしまった。

「なんですか先輩。居間でゆっくりしてていいですよ？」

「いや、おはぎが気になったみたいでな」

「そうですか。じゃあ、私の料理テクニックを楽しんでください」

牛巻はドヤ顔をキメて、料理を続けた。

どうやら肉じゃがを作っているらしい。少し甘《あま》みのある香《かお》りがただよってきた。

「ぐるぅ？　ふんふん」

おはぎも匂いが気になるようだ。クンクンと鼻を鳴らしている。

それから少し待つと、

「はい、できましたよ！」

食卓《しょくたく》に三つの皿と、盛られた肉じゃがが準備される。

「いただきます」

「ぐるぅ！」

「はい、召《め》し上がれ」

丈二たちは肉じゃがを口にする。

「美味いなぁ！」

「ぐるぅぅ♪」

おはぎも気に入ったようだ。ガツガツと食べている。いつもより食の進みが速い。

「牛巻は料理上手なんだな。毎日三食作ってもらいたいくらいだ」

「あはは、なんですかそれ。『毎朝、俺の味噌汁《みそしる》を作ってくれ』みたいな告白《こくはく》ですか？」

確かに、そうとも取られかねない発言だった。こういうのはセクハラに該当《がいとう》するかもしれない。

そうしている間にも、おはぎはあっという間に食べ終わったらしい。顔をぺろりと舐める。そしてトコトコと牛巻に近づいた。

「ぐるぅ！」

牛巻に向かって鳴いた。感謝しているようだ。

「えへへ、お粗末様《そまつ》でした」

牛巻がおはぎを撫でる。

おはぎも嬉しそうだ。これなら問題なくやっていけるだろう。

さて、牛巻に来てもらったのは、別にお昼ご飯を作ってもらうためじゃない。動画を撮影するためだ。

しかも、案件動画。

先日やって来た長野製薬の二人から貰った仕事だ。内容は商品の宣伝。

長野製薬が新発売する携行《けいこう》食品『ドラゴンエナジー』の広告だ。

携行食品市場はとても大きい。

探索者たちがダンジョンに潜ると、ゆっくりと食事がとれない時もある。その時に役に立つのが携行食品だ。

長野製薬は『パワーフレンド』という携行食品を販売《はんばい》している。長いあいだ親しまれてきた商品なのだが、少し時代から遅《おく》れてきていた。

最近はダンジョン配信も盛《さか》んなため、『映《ば》え』を意識したおしゃれな商品も増えている。武骨でシンプルなパワーフレンドは、徐々《じょじょ》にシェアを奪《うば》われていた。

そこで打ち出したのが、今回のドラゴンエナジー。黒と緑を使ったダークな雰囲気《ふんいき》の包装。中身はグミで、グニグニとした食感と炭酸のような刺激《しげき》を味わえる。味はコーラ、オレンジ、メロンの三種類。

もちろん栄養も考えられている。短期間であれば、これだけ食べて生きていけるらしい。

長野製薬はこの商品に力を入れているようだ。次の主力商品に育てたいと考えているのだろう。

そして『ドラゴンエナジー』の商品名から、ぜひともおはぎに宣伝して欲しいらしい。

だが、一つ問題がある。

「おはぎ、これ気に入ってくれるかな？」

丈二の手には、『ドラゴンエナジー』の袋が握《にぎ》られていた。

人間からすると美味しい。だが、ドラゴンが気に入ってくれるのだろうか。炭酸風の刺激などは、おはぎにとって未知の体験だろう。

「ぐる？」

『くれるの？』と言うように、グミの袋を見ている。少なくとも興味はあるようだ。

「とりあえず、試しに撮影してみるしかないんじゃないですか？」

「それもそうか。とりあえず、撮ってみるか」

◇　◆　◇　◆　◇

動画におはぎの姿が映った。のどを鳴らしながら、カメラを見つめている。

『サムネがちゃんとしているだと⁉』

『スゴイ、動画の完成度が上がってる』

「皆様、見ていただいてありがとうございます。今回は長野製薬様から頂いた案件動画になっています」


『案件⁉』

『うお、動き早いな』

『長野製薬？』

『パワーフレンドとか、ヴァイタルCなんかの会社だよ』

「今回は、こちらをおはぎに食べてもらおうと思います」

そう言って、カメラに商品の袋が映る。黒と緑を使ったダークなデザインだ。

ドラゴンエナジーと書かれている。

『ほえー、こんなのあるのか』

『発売はこれからだよ』

『デザインええやん！』


「携行食品のドラゴンエナジーです。中身はグミですね」

男性は袋を開ける。そして、中からグミを取り出した。

「食べてくれるかなぁ」

男性は不安そうに呟いた。


『美味そう』

『ドラゴンがグミ食うんか？』

『分からん。ドラゴンにグミあげた人なんか居ないから』


おはぎの鼻先にグミを持っていく。クンクンと匂いを嗅いだ。そして、ぱくりと噛みついた。

「ぐるぅ？」

おはぎは不思議そうに首をかしげている。口からはしゅわしゅわと音がしている。その感触《かんしょく》が不思議なのだろう。

「ぐるぅ♪」

だが、嫌《きら》いではないらしい。楽しそうに、あむあむと口を動かしている。

『カワイイ‼』

『おはぎちゃんが食ってると、なんか食べたくなってくるよなぁ』

『発売されたら買うわ』


「良かった。気に入ってくれたみたいですね。あっ、ちなみにですが、犬や猫《ねこ》には毒になるようなので、マネしないでくださいね」


『あぶねぇ。ペットにあげるつもりだった』

『モンスターなら大丈夫やろか』

『モンスターなら人間が食えるものは大丈夫だろ』


「それじゃあ、私も食べてみます」

男性はグミを一つ取り出す。画面外で食べたようだ。

「しゅわしゅわしてて楽しい食感ですね。味も美味しいです」

「ぐるる！」

食べ終わったおはぎ。グミの袋をジッと見上げている。

「もっと食べたいのか？」

「ぐる！」

「国に認められた栄養補助食品ですから、もうちょっとあげても良いかな」

『さりげない宣伝』

『これだけ食って生活できるの？』

『あくまでも補助食品だ。ちゃんと飯食え』

『ダンジョン探索中くらいなら大丈夫だろうけどね』


「はい、どうぞ」

「ぐるぅ♪」

おはぎにグミを与える。楽しそうに首をかしげ始めた。炭酸の食感が気に入ったらしい。

「それでは皆さん。ぜひドラゴンエナジーを買ってみてください！」

「ぐるぅ♪」


『発売日っていつ？』

『来週やで』

『今からコンビニで並んどくわ』

『徹夜《てつや》組は禁止やぞ。グミ（組）だけに』

『死刑《しけい》』

# 第三話　ダンジョン配信

「運動不足かもしれないね」

近場にある動物病院。おはぎが来てから、ずっとお世話になっている病院だ。そこの診察室《しんさつしつ》で先生が言った。

「運動不足ですか……」

丈二《じょうじ》は診察台に乗せられたおはぎを見る。

「ぐる？」

『どうした？』と首をかしげて丈二を見上げていた。確かに、ぽっちゃりしてきているかもしれない。

牛巻《うしまき》が来るようになってから、ご飯が美味《おい》しい。ついつい食べ過ぎてしまう。それはおはぎも同じだ。

運動不足もその通りだろう。おはぎはあまり外に出していない。

おはぎは今じゃ有名人。いや有名ドラゴン。外をうろつくのは危ない。運動も家の中でしかさせていなかった。それでは足りなかったのだろう。

「ああイヤ、肉眼で見ても分からないよ？」

「え？」

そういうことじゃないらしい。

「正確に言えば、魔法《まほう》不足。あるいは戦闘《せんとう》不足かな？」

先生はプリントされた写真を見せてきた。

それはおはぎの写真。しかし普通《ふつう》の写真ではなく、サーモグラフィーのような感じだ。

黒くなったおはぎのシルエット。その真ん中から、青い光が外にあふれている。

「おはぎちゃん。それに僕《ぼく》や貴方《あなた》が魔法を使えるのは『精霊《せいれい》』のおかげだ。それは知っているね？」

「はい。学校で教わりましたから」

精霊。それはざっくりと表現するならば『寄生虫』のようなものだと教わった。

実際には虫ではないが。

分類的には『魔力生命体』と呼ばれているらしい。実体のない、エネルギーだけの存在だ。

そいつが生物に寄生することで、魔力という特殊《とくしゅ》な力を生成することができる。

この魔力によって発生する事象が魔法だ。

現代では、ほとんどの日本人がこれに感染している。正確に言えば、感染しにいった。

丈二の親世代が小学生くらいのとき。精霊が発見された。

その力を使えば多くの人々がダンジョンに入り、モンスターと戦う力を得ることができる。

それは朗報だった。

当時、日本には次々にダンジョンが発生し、モンスターへの対処が間に合わなくなっていた。

それに対処するため、国は若い世代に精霊を植え付けて、モンスターと戦わせることを決めた。

これが探索者《たんさくしゃ》の始まりだ。

そして精霊に感染した人の子供も、精霊に感染している。

丈二などは、生まれた時から当たり前に魔法があった世代。ナチュラルマジック世代だ。

「おはぎちゃんはね。精霊の育ちが悪いと思う」

精霊というのは、魔法を使うほど育つらしい。筋肉のようなものだ。

そして魔法といっても色々ある。

火を撃《う》ちだしたりするような、魔法っぽい魔法だけじゃない。前衛系の探索者などは、身体能力を上げるために魔力を使う。これも魔法に分類される。

「僕たちと違《ちが》って、モンスターは精霊が居て当たり前の身体構造をしているからね。精霊の育ちが悪いと、身体器官に影響《えいきょう》がでるかもしれない。僕らにとっては運動不足で筋力が衰《おとろ》えているような状態だね」

人間の筋力が衰えれば、体のさまざまな部分に影響がでる。それと同じようなことが、おはぎに起こるかもしれないらしい。

「えっと、具体的にはどうしたら良いんでしょうか?」

「ダンジョンに連れて行ってあげるのが一番じゃないかな。おはぎちゃんにとっては良い運動になると思うよ」

ダンジョンか……。

丈二は考え込《こ》む。おはぎのためには行った方がいいのだろう。丈二自身も前々から行こうとは思っていた。

だが単純に怖《こわ》い。

丈二は危険なダンジョンに入ったことなどない。モンスターと戦ったこともない。万が一のことを考えると、どうしても足がすくんでいた。その様子に先生は気づいたらしい。

「心配だったら、最初は探索者の人に護衛してもらうと良いよ。まぁ、おはぎちゃんならよほどのことがない限り、大丈夫だと思うけどね」

丈二はハッとした。そうか、護衛を雇《やと》うという手もあったのか。

今は金銭的にも余裕《よゆう》がある。動画の収益化も無事に通ったうえに、案件の報酬《ほうしゅう》も振《ふ》り込まれた。

護衛を雇ってダンジョンに向かってみよう。

「あと、牧瀬《まきせ》さんにも探索者の素質があると思うよ」

「え、私もですか?」

先生は丈二を見て言った。いったい、丈二の何を見て言ったのだろうか。

「おはぎちゃんの傷。君が治したのだろう?　見事だったよ。鍛錬《たんれん》を続ければ治癒士《ちゆし》としてやっていけると思うよ」

最初の診察の時だ。おはぎが怪我《けが》していた部分も、先生に診《み》てもらっていた。

丈二では上手《うま》く治せていない部分があるのではないか、不安だったからだ。

その治療《ちりょう》結果は、なかなか良かったらしい。

「そう……ですか」

自分にそんな才能があったとは。丈二は驚《おどろ》いた。

学生のころに気づけていれば、探索者になっていた未来もあったのかもしれない。

そうすれば、あんなブラック企業《きぎょう》とは無縁《むえん》の生活を送っていたのだろう……それでは、おはぎと出会えていないからダメか。

丈二は今の人生で良かったのだと、あらためて思った。

「まぁ、そんなに気負わなくて大丈夫だと思うよ。おはぎちゃんと自分を信じて行ってみると良い。もちろん、安全第一だよ？」

「分かりました。ありがとうございます」

おはぎを見る。この子を信じて、行ってみよう。

「くるぁーふ」

おはぎは退屈《たいくつ》そうに、あくびをしていた。


ダンジョン探索をするのであれば、探索者として登録する必要がある。

ダンジョン内の資源を回収して利益を得るのは探索者の権利として認められ、ダンジョンの管理には探索者から払《はら》われる税金も使われているからだ。

だが、難しいことは何もない。

『探索者管理局』に申請《しんせい》すれば、誰《だれ》でも登録できる。

しかも現代はネット社会。この申請だって、必要な書類を用意すればスマホから簡単にできてしまう……できてしまうのだが。

『えー、それじゃつまんないですよ。ギルドに行って登録してきてくださいよ』

そう牛巻が言ってきた。

ちなみに『ギルド』と言うのは、『探索者管理局出張所』の愛称《あいしょう》だ。いまどき、誰もフルネームで呼ぶことはない。

面白《おもしろ》さでわざわざギルドまで行く必要がない。そう反論したのだが。

『動画撮影《さつえい》はできませんが、ギルドの前で写真を撮《と》ってSNSに投稿《とうこう》しましょう。ちょっとした話題作りです』

意外とちゃんとした理由があった。今後の活動のためなら仕方がない。丈二は重い腰《こし》を上げて、ギルドへとやって来た。

「ちょっと緊張《きんちょう》するな」

見た目はなんてことのない建物だ。市役所なんかの雰囲気《ふんいき》に似ている。

だが先ほどから出入りする人々が特徴《とくちょう》的だ。筋肉もりもりの大男。張り詰《つ》めた雰囲気をまとう女性。影《かげ》をまとったような男性、などなど。

彼《かれ》らは探索者だろう。別に武装しているわけじゃない。私服だ。

見た目こそ普通だが、まとっている雰囲気が独特だった。やはり生きるか死ぬかの戦いをしているると違うのだろう。

いっぽうの丈二は、少し老《ふ》け顔のおっさんだ。なんとなく頼《たよ》りない顔をしている。

特徴と言えば、片手に持った動物用のキャリーケース。蓋《ふた》に開いた窓から、おはぎがひょこりと顔を出した。

「ぐるぅ！」

丈二が不安に思っているのを察したのだろうか。元気づけるように力強く鳴いた。

「そうだよな。探索者の登録をしてくるだけだ。すぐに終わるよな」

ネット小説などでは、ギルドに入った主人公が強面《こわもて》の人に絡《から》まれる展開がお約束だ。

だがここは現代日本。異世界ではない。そんなヤバい奴《やつ》は居ないはず。

自動ドアをくぐって中に入る。よく清掃《せいそう》されたピカピカの内装だ。清潔感がある。

丈二は奥《おく》の方にある機械から整理券を取った。近くの椅子《いす》に座《すわ》って待っていると――

「あんた、探索者の登録に来たのか？」

声をかけられた。重いものを引きずった時のような、低い声だった。

びくりと顔を向ける。え、外国の方ですか？

そう丈二は思ってしまった。綺麗《きれい》なほどに黒く焼けた肌《はだ》。つるりとしたスキンヘッドの頭。サングラスの隙間《すきま》からは鋭《するど》い目が覗《のぞ》いている。

「そ、そうですけど」

男はじろりと丈二を見た。目つきが怖い。

これはお約束展開かもしれない。

『お前みたいなのが探索者だぁ？　雑魚《ざこ》は家に帰りな！』

なんて言われるのかもしれない。

残念ながら丈二には、異世界主人公のような胆力《たんりよく》も強さもない。逃《に》げ帰る準備のために、キャリーケースをグッと握《にぎ》る。

次の瞬間《しゅんかん》――

「いつも動画見てるよ！　ほら、ドラゴンエナジーも買っちまったよ！」

男はニカリと笑った。まぶしいほどの笑顔《えがお》だ。先ほどまでの強面が嘘《うそ》のよう。

ズボンのポケットからドラゴンエナジーを取り出して、丈二に見せてくる。

「あ、はぁ、ありがとございます」

突然《とつぜん》のことに、丈二の頭が追いつかない。だが、おはぎのファンだったようだ。

「探索者登録するってことは、ダンジョン配信もやるのか？」

「はい。そのつもりです」

「おいおい！　めっちゃ楽しみだな！」

男の目線がキャリーケースに移った。男の目がハッと見開いた。

『なんだなんだ？』とおはぎが顔を出している。

「な、なぁ、おはぎちゃんを撫《な》でても良いか？」

「おはぎが嫌《いや》がらなければ良いですよ」

「それじゃあ、失礼するぜ」

男は慎重《しんちょう》におはぎに触《さわ》った。そしてゆっくりと撫でる。

「ぐるぅ！」

おはぎは嬉《うれ》しそうにして、男の手をぺろりと舐《な》めた。

「っ⁉」

男は硬直《こうちょく》する。

もしかして舐められたのが嫌だったのだろうか。丈二は心配したが、違うらしい。

男の表情がでろりと溶《と》けた。娘《むすめ》を溺愛《できあい》する父親みたいな顔だ。にやにやと笑っている。

「うぇへへへ。俺《おれ》はもう手を洗わねぇよ」

洗ってくれ。

「あの、ちょっといいかしら？」

凛《りん》とした女性が話しかけてきた。女性は少し恥《は》ずかしそうにしている。視線はおはぎに釘付《くぎづ》けだ。

「あの、私も撫でさせてもらえないかしら？」

気がつくと、周りに人が集まっている。女性に続くように『俺も』『私も』と声が上がる。

「あ、えっと、とりあえず並んでもらって良いですか？　おはぎが嫌がらなければ大丈夫ですから」

突発的に、おはぎの握手会《あくしゅかい》が始まってしまった。

おはぎの前に列ができる。さりげなく、ギルドの職員の人も並んでいた。

仕事しろ。

その後、丈二の探索者登録が終わるまで、少し時間がかかった。

だがその代わりに、おはぎが探索者活動を始めることがＳＮＳで話題になっていた。

◇　◆　◇　◆　◇

「ぐるぅ？」

『これはなに？』とおはぎが首をかしげている。

「ここにダンジョンへの入り口があるみたいだよ」

丈二とおはぎは倉庫のような建物の前に居た。がっしりとした作りで、そう簡単に壊《こわ》れることはないだろう。

重苦しい鉄の扉《とびら》が開け放たれている。二重扉になっているらしく、さらに奥にはシャッターが付けられていた。

ここにダンジョンへの入り口が収容されている。

これから丈二たちは、初めてのダンジョン探索に挑《いど》む。

丈二の隣《となり》には一人の男性が居た。

「シャッターの奥に改札があります。探索許可証は持ってきましたか？」

彼の名は『黒子半蔵《くろこはんぞう》』。どことなく忍者《にんじゃ》っぽい。黒い格好をした青年だ。

彼とは『ギルド』で会った。おはぎとの握手会に並んでいた一人だ。

丈二たちが護衛を探していることを知ったら、名乗りを上げてくれた。撮影に写り込まない自信があるらしい。

「ええ、持ってきてますよ」

丈二は許可証を取り出す。見た目は交通系のＩＣカードみたいだ。

「駅の改札を通る時と同じように、それをかざせば通れます」

さっそく、丈二たちはシャッターに近づく。シャッターは自動で上がった。

奥には、駅のものにそっくりな改札があった。機械は流用しているのかもしれない。

駅を通るように、慣れた動作でカードをかざす。ピッという音と共に改札が開いた。

「これで、どの探索者がどれくらいダンジョンに潜《もぐ》っているかを計測しています。現在の丈二さんですと、一日も出てこなかったら救助が送られることになりますから。気を付けてください」

探索者は一から十の等級に分けられている。等級次第でさまざまな恩恵《おんけい》や、制限がある。

活動を続けて、功績を積み上げていけば上がるらしい。現在の丈二は最低ランクの十級。

ダンジョンに潜っていられる時間が制限されている。

「はい。時間がオーバーしないように気を付けます」

丈二たちは奥に進んで行く。そこには半透明《はんとうめい》の木があった。アレがダンジョンへの入り口だ。

「あの木に触れれば、ダンジョンに入れます。私が先に入りますね」

半蔵が木に近づく。木に触ると、一瞬で半蔵の姿が消えてしまった。

「生で見ると驚きだな」

「ぐるぅ！」

おはぎはソワソワしている。無意味に足を動かしたり、くるりと回ってみたり。喜んでいる犬み

たいだ。

戦えることが楽しみなのだろうか。

「よし、じゃあ一緒《いっしょ》に行ってみようか」

丈二はおっかなびっくり木に触《ふ》れた。

パッと景色が変わる。足元には低い草。周りにはわさわさと木が生えている。

「森だ」

一瞬で森の中に転移していた。

「丈二さん。早速《さっそく》ですが、モンスターが近づいています」

びくりと後ろを振り向くと、そこに半蔵がいた。その目線は森の奥を見つめている。

「ぐるぅ‼」

おはぎも同じ方向を見た。ふんふんと鼻息が荒《あら》い。やる気でいっぱいだ。

バッと木々の奥から、影が飛び出してきた。

「ギチギチ‼」

それは蜘蛛《くも》形のモンスター。おはぎと初めて出会ったときのと似ている。大型犬くらいのタランチュラだ。

「ぐるるるぅ‼」

おはぎと蜘蛛は睨《にら》み合う。

「おはぎちゃんにお願いしますか？」

半蔵が聞いてきた。どうするべきか。

体格だけならおはぎに勝ち目はなさそうに見える。

だがおはぎはドラゴンだし、最悪ビームを放てば勝てるはず。

ここはおはぎを信じてみるべきか……。

「おはぎ、行けるか？」

「ぐるぅ！」

『もちろん！』と力強く返事をした。

「よし、おはぎ行け！」

「ぐるぅぅ‼」

飛び出すおはぎ。

それを迎撃《げいげき》するように、蜘蛛が足を振るった。その足先には鋭い爪《つめ》が伸《の》びている。

しかし、おはぎはひらりと避《よ》ける。そして蜘蛛の体に、勢いよく頭突《ずつ》きを決めた。

ズドン‼

吹《ふ》っ飛ばされた蜘蛛は木にぶつかる。絶好の隙《すき》だ。

「おはぎ！　ビーム！」

ビュン‼

おはぎの口からビームが飛び出す。それは蜘蛛の頭を正確に貫《つらぬ》く。

蜘蛛はぐったりと体を倒《たお》した。無事に倒せたようだ。

おはぎはタッタッタッタッと丈二に駆《か》け寄ってきた。

「ぐるぅ♪」

『褒《ほ》めて！』とばかりに、丈二の足元にまとわりつく。

「よーし、おはぎ。偉《えら》いぞー」

おはぎを捕《つか》まえると、その頭をわしゃわしゃと撫でた。ぐるぐると嬉しそうに喉《のど》を鳴らしている。

「モンスターの死体は私の方で回収しておきますね」

半蔵はモンスターの死体に近づく。そして四角いキューブのようなものを当てると、パッと死体が消えた。

「アイテムボックスです。ミミックというモンスターの素材から作られた道具で、中に物が収納できるんですよ」

「話には聞いたことがありますけど……便利なものですね」

どれくらい中に収納できるのだろうか。

自分も欲《ほ》しいな。バッグ代わりに使えるかもしれない。丈二がアイテムボックスを見つめていると。

「まぁ、なんでも入るわけじゃないですよ。精霊が宿っていること。生きていないこと。この二つの条件を満たさないと物は入れられません。なので生きている動物や、普通の道具などは入れられませんね」

なんでも入るわけではないのか。バッグ代わりに使おうかと思っていた丈二の思惑《おもわく》が外れる。

「精霊が宿っていれば無機物でも入るらしいですが、そもそも無機物に精霊を宿すのが大変らしいです。コスト的にまだ実用化は難しいとか」

そう上手くはいかないものだ。

だが、どのみち探索者として活動するならあった方が良いだろう。いずれ購入《こうにゅう》しようと丈二は決める。

「それじゃあ、そろそろ配信を始めような」

「ぐるぅ！」

おはぎは『まかせとけ！』と力強く鳴いてくれた。

◇◆◇◆◇

「ふぅ、ちょっと緊張するな……」

丈二は呟《つぶや》いた。

ちなみに、丈二はしっかりと探索者らしい装備をしてきた。片手には魔法の威力《いりょく》を上げてくれる機械の杖《つえ》。体には軽い金属製の胸板《むないた》。

背中には大きなリュックを背負っている。そこから配信用の機材を取り出した。いつも使っている球体にレンズが付いたカメラだ。

「初めての配信だ。失敗しないようにしないと」

今まではずっと、動画の形で投稿してきた。

だが、ダンジョン探索は生配信の方が面白い。そう牛巻に言われた。

だけど、配信は失敗しても編集ができない。緊張する。

「ぐるぅ？」

丈二の緊張を感じたのだろう。

『どうした？』とおはぎが見つめてきた。こてんと首をかしげる姿はとても可愛《かわい》い。

「……そうだよな。俺が気負わなくても、おはぎは可愛いからな」

おはぎの頭を撫でると、嬉しそうに目を細めた。

なにも気張る必要はない。主役はおはぎだ。そのサポートをすればいい。丈二は深く息を吐《は》いた。

「よし、始めようか」

カメラを起動すると、その上に半透明の板が写される。そこを操作して、配信画面を表示した。

『うひょー！　おはぎちゃんの初めてのダンジョン探索か！』

『わくわく』

コメント欄《らん》はそこそこの勢いがある。

こんなに見ている人が居るのか……。

丈二は少しためらいながらも、えいっと配信開始ボタンを押《お》した。

「えっと、皆《みな》さま今日は来ていただきありがとうございます。今日はおはぎと一緒にダンジョンの探索を行いたいと思います」


『ところで主《ぬし》はなんて呼べば良いの？』

『飼い主さんお疲《つか》れ様です！』

『もっとリラックスしてｗｗｗ』

『硬《かた》いよｗｗｗ』


配信開始と同時に、ワッとコメントが盛り上がった。

丈二はコメントを見て気づく。しっかりと名乗ったことが無かった。

自分の名前くらいは言っておいた方が良いだろう。

「名乗っていませんでしたね。丈二って呼んでください」


『よろしくジョージ』

『おはぎちゃんを飼えるジョージが羨《うらや》ましい……』


ジョージではなく、丈二なのだが。まぁ、良いだろう。

「それと、今回は護衛として探索者の方に付いてきてもらっています」

半蔵を見る。挨拶《あいさつ》をするかと思ったが、半蔵は軽く首を振った。出たくはないらしい。

「あまり目立ちたくはないらしいので、紹介《しょうかい》は止《や》めておきますね」

『おはぎちゃんに何かあったら大変だからな』

『まぁジョージもおはぎちゃんも初めてらしいしね』

『護衛雇ってるのか』

「ぐるる！」

『早く行こう！』とおはぎがソワソワとしていた。待ちきれないのだろう。

「そうだな。はやく行こうか」

『おはぎちゃんｗｗｗ』

『やっぱドラゴンなんやね』

『身体は闘争を求める』

おはぎを先頭にして、丈二たちは森の中を歩く。

丈二は上を見上げる。木々の間から青い空が見えている。ぽかぽかとした空気が肌を優《やさ》しく撫でる。なんだかピクニックに来たような気分だ。

丈二がのんびりと辺りを見回していると、おはぎが止まった。

「ぐるるるる‼」

低い唸《うな》り声だ。森の奥を警戒《けいかい》している。モンスターだろうか。

そっと半蔵が耳打ちしてきた。

「気配からすると蜘蛛形のモンスターです。数は三体、気を付けてください」

丈二はグッと杖を握る。せめておはぎの足を引っ張らないように気を付けなくては。

ガサガサと草をかき分ける音が響《ひび》く。

バッと蜘蛛たちが飛び出してきた。

半蔵の言う通り、数は三体。先ほど出会った蜘蛛より体が大きい。

「ギチギチギチ‼」

「ぐるぅぅ！」


『ワイルドなおはぎちゃんだ……』

『がんばれおはぎちゃん！』

『ひぇぇ。おはぎちゃんが怪我しないか心配だ……』

おはぎと、蜘蛛たちは睨み合っている。今のうちにできることをしよう。丈二は杖をかかげた。

「おはぎ、バフ魔法をかけるぞ！」

おはぎの体が淡《あわ》く光る。

丈二は最近、動画を見ながら魔法の練習をしていた。その中で覚えたのがバフ魔法。

体内の精霊に働きかけて、身体能力を上げることができるらしい。

実際に丈二自身に使ってみた時は、体が軽く感じた。おはぎにもしっかりと効果があるはずだ。

「ぐる！」

『ありがとう！』とおはぎは軽く鳴いた。

そして、ザッと地面を蹴《け》って飛び出す。弾丸《だんがん》のような速度で蜘蛛たちに迫《せま》る。その一体の頭に小さなブレスを吐いた。

ビュン‼

ブレスが蜘蛛の頭を貫く。これで一体は倒した。

『おはぎちゃん強えええぇぇぇ⁉』

『さすおは！』

『ドラゴンは怖いイメージだったけど、味方になるとこんなに頼《たの》もしいんだな』

「ギチギチ‼」

だが蜘蛛たちだって黙《だま》っていない。着地したおはぎに飛び掛《か》かる。だが――

「シェル！」

丈二が杖を構えて、魔法を使った。おはぎの周りに、半透明の壁《かべ》が生まれる。

蜘蛛たちはそれに勢いよくぶつかる。反動で隙が生まれた。

「おはぎ、ビーム！」

おはぎが光線を放つ。それに合わせて、丈二も壁を解いた。

おはぎのビームが、残った二匹《ひき》の蜘蛛を貫いた。


『これは安心して見てられる』

『おはぎちゃんとジョージの連係もばっちりだな！』

『やるやん‼』


これで蜘蛛は倒したはずだ。おはぎが駆け寄ってくる。

「おはぎ、怪我とかしてないか？」

「ぐるぅ！」

『大丈夫！』と元気よく鳴いた。

よしよしと撫でてあげる。これで戦闘は終わりだと、丈二は思ったのだが――。

「ぐるぅ？」

おはぎは森の奥の方を気にしている。

なにかあるのだろうか？

丈二も同じ方向を見るが、なにも見えない。ただ木々が繁《しげ》っているだけだ。

「行ってみますか？」

半蔵が声をかけてくる。

ふと見ると、いつの間にかモンスターの死体は回収されていた。なんとも仕事が早い。

「ぐるぅ！」

『行こう！』とおはぎが言っているように感じる。

「そうですね……おはぎに任せましょう」


『なんだなんだ？』

『おはぎちゃんが何かを感じ取ってる？』

『野生の勘《かん》かな？』


丈二たちはおはぎに任せて進んで行く。途中《とちゅう》で、半蔵がびくりと何かを感じ取った。

「なにか、強い気配を感じます。気を付けてください」

強い気配。そう言われて丈二は心配になる。おはぎを見てみるが、警戒している様子はない。

敵ではないのだろうか。

「いや、これは……弱っている？」

半蔵はさらに呟いた。

強い何者かが弱っているのか。おはぎはそれに向かって歩いているのだろう。

さらに進んで行くと、開けた場所に出た。

「これは……」

木々がなぎ倒されている。

バキバキとした断面から、無理やりちぎられたことが分かる。その中心には……。

「デカい狼《おおかみ》だ……怪我してるのか？」

大きな狼だ。六人乗りの自動車くらいのサイズ。

しかし弱っているらしい。弱々しい目元。パサパサとした毛並み。ずいぶんと年老いているように見える。その体中にじんわりと血がにじんでいた。

特にお腹《なか》のあたりには、爪で裂《さ》かれたような傷が見える。

「ぐるぅ……」

おはぎが悲しそうに大狼を見つめている。

大狼の眼《め》も丈二たちを見ていた。しかし、その眼には敵意がない。どんよりとした眼には、諦《あきら》めが漂《ただよ》っていた。その姿は痛々しい。

どことなく理知的な雰囲気が漂っていた。できることなら、回復してあげたい。

だが、近づいても大人しくしてくれるとは限らない。丈二たちを警戒して、最後の力を振り絞《しぼ》って襲《おそ》いかかってくるかも。

悩《なや》む丈二。

視線がゆらゆらとさまよう。ふと、おはぎを見た。

「ぐるぅぅ……」

おはぎは大狼に悲しそうな眼を向けている。大狼を助けたいと思っているのだろう。丈二はごくりと唾《つば》を飲み込んだ。

「助けに行きます」

「……危険ですよ？」

半蔵が止めてくる。それはそうだろう。

依頼主《いらいぬし》が危険なことをしようとしているのだ。

「おはぎが助けたいみたいですから。おはぎを信じます」

「……分かりました。しかしこれ以上は危険だと判断したら、貴方たちの意見は無視して、担《かつ》いででも逃げます。良いですね？」

「ありがとうございます。その時はお願いします」

半蔵は納得《なっとく》してくれた。ここで見捨てないあたり、優しく責任感のある人なのだろう。


『え、近づくの⁉』

『危ないよ！』

『でも、なんとかしてあげたいよな』

丈二たちはそっと大狼に近づいていく。なるべく刺激《しげき》しないように、ゆっくりと。

「ガルル！」

しかし二メートルほどまで近づくと、大狼が唸り声を響かせた。こちらを警戒している。

これ以上は近づけないか……。

丈二は焦《あせ》る。どうしたら警戒を解いてもらえるのか考える。


『ひぇ』

『ヤバいって！』

『これはムリや‼』


「ぐるぅ！」

『任せて！』とおはぎは丈二を見上げた。

不安が丈二の頭をよぎる。しかし、ここはおはぎを信じてみよう。

丈二は静かにうなずいた。

「ぐるぅ」

おはぎは甘《あま》えたような声を上げた。そしてテクテクと大狼に近づいていく。

「ガルルルゥ！」

大狼には唸り声を強くする。

だが、相手が子供であるから手を出さないのだろうか。

おはぎの手が届く距離《きょり》まで近づいても、威嚇《いかく》しかしていない。

「ぐるぅ。ぐるぐるぅ！」

おはぎは大狼に向かって話しかけている。

はたして、アレで通じるのだろうか？　丈二は疑問に思う。

だが、少しずつ大狼の唸り声が落ち着いてきた。

「ガウ。グルゥ？」

「ぐるるぅ！」


『喋《しゃべ》ってる？』

『これメッチャ貴重な映像なのでは？』

『こうやって並んでると、おじいちゃんと孫みたいだな』


「がう！」

大狼が吠《ほ》える。その眼は丈二に向けられていた。警戒している様子はない。

近づいても良いのだろうか。

「そ、それじゃあ近づくぞ」

丈二は恐《おそ》る恐る大狼に近づく。

じりじり、じりじり。

手が届く距離まで寄っても、大狼は威嚇もしてこない。これなら回復魔法がかけられる。

丈二は大狼のお腹。大きな裂傷《れっしょう》に杖を向ける。その傷口が淡く光り出した。

しかし治りが遅《おそ》い。なにか抵抗《ていこう》のようなものを感じる。水の中を歩くような感覚に近い。

ナメクジが這《は》うような速度で、ゆっくりと傷口はふさがっていく。

だが、時間はかかっても治療に問題はない。このままいけば大丈夫だ。

丈二が安心した時だった。

「ギィイイイイン‼」

森の奥から、金属をこするような音が響いた。

それと共に、ざわざわと森が騒《さわ》ぎ出す。四方八方から、ギチギチと不気味な音と、草をかき分ける音が響く。

半蔵が忍刀《にんとう》に手を伸ばした。

「不味《まず》いですね。囲まれています」

バキバキ！

割り箸《ばし》を折る音を、何倍にも大きくしたような音が響いた。

丈二がそちらに目を向ける。

木が迫っていた。

無理やりにちぎられた木が、投げ槍《やり》のように丈二に迫る。

ズドン‼

大きな音と共に、その木は横合いに吹っ飛んでいく。

半蔵が飛び蹴《げ》りをかまして、軌道《きどう》をそらした。

「特に、アイツがヤバいですよ」

森の奥から出てきた影。まるで店の暖簾《のれん》でもどけるように、木々を撫でてなぎ倒していく。

その姿は、アラクネと言う神話の怪物《かいぶつ》に近い。蜘蛛から人間の上半身が飛び出ているような見た目だ。

人間部分は美女として描《えが》かれることの多いアラクネだが、丈二たちの前にいる怪物は違った。

特撮の怪人。あるいは黒い鎧《よろい》を着こんだ騎士《きし》のように見える。

だが、顔から伸びだ鋭い牙《きば》を見るに決して人間ではない。人間っぽい形をした蜘蛛だ。

巨大《きょだい》な蜘蛛から、人型の蜘蛛が生えている。

「ガルルルゥ‼」

おはぎが、これまでにないほど警戒している。

その眼には初めて出会ったときのような、強い警戒心が浮《う》かんでいた。

「丈二さん、すいません。この状況《じょうきょう》から逃げるのは難しいですね」

半蔵は歯噛《はが》みしながら言った。

周りは完全に囲まれている。この状況から、丈二を抱《かか》えて逃げることは難しい。

「……おはぎだけなら、どうですか？」

「それは……可能ですけど」

小さなおはぎを抱えて逃げるくらいなら、なんとかなるらしい。

「最悪の場合。俺がおとりになりますから。その時はお願いします」

「……分かりました」

もちろん、丈二も簡単に犠牲《ぎせい》になるつもりなんてない。全力であがいてみるつもりだ。

この状況で鍵《かぎ》になるのは……。

「ぼふ」

せき込むように大狼が鳴いた。

大狼はアラクネを睨みつけている。敵対的な関係であることは明らかだ。

大狼を治すことができれば、戦況は逆転するだろう。

「おはぎ、アイツを足止めできるか？」

「がう！」

おはぎは『任せて！』と大きく鳴いた。なんとも頼もしい。

「半蔵さんは周りの蜘蛛から、俺と大狼を守ってくれますか？」

「分かりました」


『おはぎちゃんイケー‼』

『アラクネをぶっ飛ばせ！』

最初に動いたのはアラクネだった。

ダン‼

その八つの足で、地面を強く蹴って飛び出す。人間形の腕《うで》を振り上げて、丈二たちに襲いかかる。

「ぐるぅ‼」

それに正面からぶつかるように、おはぎが飛び出す。頭からミサイルのように突っ込む。

「ギチィ‼」

アラクネは腕を使って防御《ぼうぎょ》。

おはぎの頭突きは強力だ。生身で受けては危険だと察知したのだろう。

だが、おはぎはそれで止まらない。

背中の小さな翼《つばさ》をパタパタと動かして、空中に飛び上がった。口から光線が走る。狙《ねら》いはアラクネだ。

ズドン‼　ズドン‼

光線は爆発《ばくはつ》を起こしながら着弾する。

しかし、アラクネは軽々とした身のこなしで避ける。

『おはぎちゃん強い‼』

『一方的に撃たれる怖さを思い知れ！』

『でもアラクネも素早《すばや》いな……』


おはぎとアラクネの戦闘力は同じくらいだろうか。

だが、いまいち両者とも攻め手《せ》が無いように見える。

空を飛べるおはぎ。ビームを避けるアラクネ。どちらも強力な攻撃《こうげき》が当てられない。

しかし、これは二匹だけの戦いじゃない。

「ギチギチ！」

「うぉ⁉」

丈二の真横から蜘蛛が飛び出してきた。鋭い爪が目の前に迫る。

「ギチィ⁉」

ザク‼

蜘蛛の頭にクナイが突き刺《さ》さった。蜘蛛は倒れる。

半蔵が投げた物だ。彼は蜘蛛の群れと戦っている。

特に強い個体が何匹かいるらしく、そいつらと戦いながら丈二たちを守ってくれている。


『危ねぇ⁉』

『忍者、有能』

『もっとニンニンしていけ』

どちらの戦況も、すぐに負けることはないだろう。だが、いつまで持つかは分からない。

だからこそ早く大狼の治療を進めたいのだが。

「もっと回復魔法の練習をしておけば良かった！」

傷の治りが遅い。先ほどよりも治りが遅い気がする。

焦りのせいで魔法が崩《くず》れているのか、あるいは焦っているからそう感じるのか。

「ばう」

大狼が鳴いた。

大狼の方に顔を上げる。その眼はジッと丈二を見つめている。すべてを見透《みす》かされている感じがする。

理知的な老人がするような、豊富な知識と経験から世界を観察している眼だ。

「ぐるる」

大狼は低く、しかし優しげに唸った。そして納得したように眼を閉じる。

繋《つな》がった。

「なんだこれ？」

丈二と大狼のあいだに、何かしらの繋がりができた気がする。具体的なことは言えないのだが。

「がう」

『私が手を貸そう』、大狼がそう言った気がした。

今までは大狼が鳴いても、ここまで明確に意思が分かることは無かった。

ふと、獣医《じゅうい》の先生が言っていたことを思い出す。

モンスターを『手懐《てなず》ける』という行為《こうい》。それは人とモンスターの精霊間で繋がりができること。

なんて説があるらしい。

あくまでも、いくつもある説の一つであり、確定ではないと言っていた。

だが、先ほど感じた繋がり。あれは精霊間で繋がりができたときのもの。かもしれない。

「ぐるる」

大狼が鼻先を近づけてくる。鼻の横あたりを撫でる。

「うぉ⁉　なんか知らない魔法の知識が入ってくる……」

ちょっと怖い。

データをインストールしているパソコンの気分はこんな感じなのだろうか。あまりパソコンになりたいとは思わない。丈二はそんなことを考えていた。

いや、パソコンになるってなんやねん。

だが、この魔法を使えば状況は一気に好転する。

「がるる」

『さぁ使え』、そう言って大狼はおはぎを見上げた。

丈二はそれに従って、杖を構える。

「おはぎ、受け取れ‼」

「ぐる？　ぐるぅぅ⁉」

おはぎがピカピカと光る。

その周りから黒い雲のようなものがあふれ出て、おはぎを包み込んだ。

ゴウ‼

おはぎを中心として突風が吹き抜《ぬ》ける。黒い雲が消え去る。

そこには大きな黒いドラゴンが飛んでいた。

「ギチィィィ⁉」

アラクネが驚いたように、牙をこすり合わせた。


『ふぁ⁉』

『なんやソレ⁉』

『おはぎちゃんが大きくなっちゃった！』


それに続くように、コメント欄も大盛り上がりだ。

「ぐる？」

おはぎ自身も不思議そうに自分の体を見下ろしている。

だが、すぐに大きくなっていることを理解したらしい。

「ぐるぅ！　ぐるるぅ！」

嬉しそうに空を飛び回る。

しかし、ハッとしたように蜘蛛たちを睨みつけた。

大きく息を吸って。

「ギャオォォォォォン！！！」

特撮映画さながらの咆哮《ほうこう》が響き渡《わた》る。

それを聞いた蜘蛛たちは、まさに蜘蛛の子を散らしたように逃げていく。

「ギチィ‼　ギチィ⁉」

アラクネはそれを引き止めるように牙をこするが、蜘蛛たちは止まらない。

さらに、おはぎの口元が光り出した。

今までよりもさらに強く。圧倒《あっとう》的な威圧感を放っている。

食らったらヤバい。おはぎの敵であれば、一瞬でそう感じるだろう。

「ギチィィィ‼」

アラクネが走り出した。深い森の方へと足を動かす。

森の中なら避けきれると判断したのだろうか。

だが、進化しているのはおはぎの見た目だけじゃなかった。そのビームも進化していた。

おはぎの口から光線が放たれる。それは八つに分裂すると、それぞれがアラクネを追いかける。

「ギチィィィ⁉」

四方八方から迫る閃光《せんこう》。もはや逃げ場は無い。

チュドン‼

大きな爆発。それと共にアラクネの動きは完全に止まった。

蜘蛛たちは逃げ出し、アラクネは絶命。

これで、なんとかこの場は切り抜けられたようだ。

「ぐるぅぅぅ‼」

おはぎはバサバサと翼をはばたかせて、ゆっくりと着地した。

「うお、風圧がすごいな」

「ぐるぅ」

大きくなったままのおはぎは、その顔を丈二にこすりつけてくる。鼻先を撫でると、嬉しそうに喉を鳴らしていた。体は大きくなっても、甘えん坊《ぼう》のままだ。

『デカくてかっこいいドラゴンが甘えてるの可愛い！』

『大きくなってもおはぎは最高や！』

「よしよし……これ、戻《もど》るんだよな？」

大きいままじゃ家にも入れない。本当に元に戻ってくれるのか、丈二が不安に思っていると。

「ばう」

『じきに戻る』、と大狼が鳴いた。

その言葉の通り、ぼふんと黒い煙《けむり》をまき散らすと、おはぎの姿が戻った。

「ぐる？　ぐるぅ……」

おはぎは残念そうにしている。大きくて強いことに憧《あこが》れているのだろうか。


『おはぎちゃん、元気出して』

『そもそも、なんでデカくなったの？　ジョージが何かしてたのは分かるけど』

『カメラに写ってないから分かんないな』

『まぁ、あんまり深掘《ふかぼ》りするもんでもないやろ。他人様《ひとさま》のスキルや魔法を聞き出そうとするのはマナー違反《いはん》や』


丈二は、うなだれているおはぎの頭を撫でる。

「大丈夫だ。すぐにおはぎは大きくなる」

「ぐる！」

おはぎは『うん！』と元気良く鳴いた。

丈二は大狼の方を向いた。大狼は優し気な瞳《ひとみ》で、丈二たちを見つめている。

「狼さん、先ほどはありがとうございました」

「ぼふ」

『気にするな』、と鳴いた。

『やっぱり、これ手懐けてるよね？』

『ドラゴンに続いて、でかい狼まで……』

『ジョージにはモンスターを手懐ける才能があるのかもな』

『俺も手懐ける才能が欲しいです……』


「ところで、この後はどうするんですか？　良ければ、俺たちに付いてきて欲しいんですけど……」

このまま大狼がダンジョンに居たら、他のモンスターと同じように倒されてしまうかもしれない。

丈二に付いてきてもらうのが、一番いいのだが。

「ばう」

『ぜひとも世話になりたい』、大狼は小さくうなずいた。

良かった。丈二はホッと息を吐く。

問題は家に入るかなのだが……大狼なら小さくなる魔法とか使えるだろうか。

「ぐるぅ！」

おはぎは、大狼が家に来ると聞いて喜ぶ。そして勢いよく大狼に突撃した。

もふん。

大狼のもふもふした毛の中に隠《かく》れてしまった。

『おはぎちゃん羨ましい……』

『俺ももふもふに包まれたい！』

『たぶん普通に臭《くさ》いぞ』


こうして、初のダンジョン配信は、なんとか無事に終わった。

◇◆◇◆◇

配信を止めた後。丈二たちは倒した蜘蛛たちの死体を回収していた。

もっとも、半蔵がアイテムボックスの中に死体を詰め込んで行っているだけだが。

「半蔵さん、今日はありがとうございました。本当に助かりました」

「いいえ、危険な状況になったのは、私がダンジョン選びを間違えたせいもあります。むしろ申し訳ありませんでした」

丈二たちがやって来ていたダンジョンは、最近できたばかりの物だ。

丈二の家からも近く、弱めのモンスターしか出ないと聞いていた。

だが、実際には大狼やアラクネが現れ、蜘蛛のモンスターにも強いのが混じっていた。

ダンジョンのモンスターの強さは、常に一定というわけではない。

だが、ここまで変化が起きるのも珍《めずら》しい。

「がう」

『私が狩《か》っていた』、そう大狼が鳴いた。

大狼からは、おはぎと比べて複雑な意思が伝わってくる。……ような気がする。

年の功なのだろう。

ちなみにおはぎは、大狼の背中で寝息《ねいき》をたてている。巨大化の影響で疲れたようだ。

「狼さんが狩っていたから、弱いモンスターが多かったようです」

「なるほど、そこにアラクネのモンスターが現れたのですね」

「がう」

『そうだ』、と大狼が鳴いた。丈二はそれを伝える。

半蔵はアゴに手を当てる。なにか疑問に思ったらしい。

「ですが、大狼殿《どの》がそう簡単にアラクネに負けたとは思えません」

実力のある探索者なら、なんとなくモンスターの強さが分かるらしい。半蔵の勘から言えば、大狼がアラクネに負けるとは思えないようだ。

「がう」「ぐる」「ぼふ」「がるる」「ぐるる」

『他にも敵がいた』『ここには居ない』『ここに来る前』『襲われた』『傷が残っていた』

大狼から伝わってきた意思を半蔵に伝える。

「なるほど、他にも敵がいたようですね。ですがダンジョンに現れたのはアラクネのみ。……とりあえずこのダンジョンは安全そうですが、念のためギルドに報告しておきます」

「お願いします」

大狼から伝わってきた意思で、丈二には気になる部分があった。

『ここに来る前』。

つまり、大狼たちモンスターは他のドコかで生活していたのが、ダンジョンにやって来たのかもしれない。

ここことは異なる世界があるのだろうか。だとすれば、ぜひともその世界の話を聞いてみたい。

まさに異世界ファンタジー。丈二は少しワクワクする。

だが、現状では複雑な意思疎通《そつう》を図るのは難しい。そのうち、もっとスムーズに話せるようになるだろうか。

ぼんやりと考える丈二。ふと、アラクネの死体が目についた。黒いアラクネの甲殻《こうかく》。その表面に白いゴミが付いていた。

（あれ？　なんか動いてないか？）

そのゴミは、もぞもぞと動いていた。目を近づけて確認《かくにん》すると。

（……ナメクジ？）

それは青白く発光するナメクジ。ダンジョンに生息している生物なのだろう。丈二は気にすることもなく目を背《そむ》けた。

「うわ!?　実物はスゴイ迫力《はくりょく》ですね!?」

夕焼けに照らされた住宅街。そこに大きな声が響いた。

丈二家の玄関《げんかん》先。エプロン姿の牛巻が、大狼を見て目を見開いた。

「配信で見てたんだろ？」

「見てはいましたけど……」

だが、ここまで大きいとは思わなかったらしい。

「この子、家に入らなくないですか？」

当然の疑問だ。

大狼は高さだけでも、丈二の背丈《せたけ》より大きい。全長や横幅《よこはば》を考えると、デカい自家用車くらい。

家の中に車を置けるか？　いや、置けない。

「ああ、それについては大丈夫なんだ」

「大丈夫とは？」

「見た方が早いだろう。狼さん、お願いします」

「ぼふ」

大狼は静かに鳴く。

それと同時にうっすらと体が光り、縮んでいく。最終的には、ライオンくらいまで小さくなった。

これなら、問題なく家に入れる。

「ばう」

大狼は少し不快そうに眼を歪《ゆが》めた。窮屈《きゅうくつ》そうな意思が伝わってくる。

どうやら、小さくなり続けるのは若干《じゃっかん》の不快感があるらしい。

「すいません。新しい住処《すみか》を探しておきますから」

「ばう」

『気にするな』、大狼はおっさんが首をほぐすように、その体を動かしていた。

「ぐるぅ？」

小さくなった狼の背中。そこから、こてんとおはぎが落っこちた。普通の動物であれば、少し心配になる。

だが、そこはドラゴン。

体が頑丈《がんじょう》なので、痛がっている様子はない。寝ぼけたように、キョロキョロと首を動かしていた。

「おはぎ、これからご飯だよ」

丈二はおはぎを抱《だ》き上げる。

「ぐるぅ♪」

目が覚めてきたおはぎは、嬉しそうに喉を鳴らす。そして丈二の顔を舐めてきた。

「いや、俺はご飯じゃないんだが……」

「先輩《せんぱい》、それは犬で言ったら親愛の証《あかし》ですよ！」

好意的なものとして受け取っておこう。

丈二たちは家に入った。後ろから大狼も付いてくる。

「狼さんはなんて名前なんですか？」

ガラガラと玄関を閉めながら、牛巻は聞いてきた。

「名前、名前かぁ……」

丈二は大狼を見る。青みがかった灰色の毛と、真っ白な毛が混じっている。落ち着いた老犬っぽい雰囲気。

「ぜんざい……とか？」

「先輩って、独特なネーミングセンスしてますよね……」

そんなに悪いだろうか。黒っぽい毛と白っぽい毛が、汁《しる》とお餅《もち》っぽいかと思ったのだ。

丈二は大狼を見る。気に入ってくれないだろうか？

「ぼふ」

『その名でかまわない』、興味もなさそうに、大狼は後ろ足で頭をかいていた。

名前にこだわりがないのだろう。

「かまわないらしい。それじゃあ、改めてよろしくお願いします。ぜんざいさん」

「お願いします！」

「ぼふ」

『よろしく』と、ぜんざいは短く鳴いた。

「それじゃあ、ご飯にしちゃいましょうか」

「そうだな。ぜんざいさんも付いてきてください」

二人と二匹は居間へと歩いていく。すでに台所からは良い匂《にお》いが漂ってくる。牛巻は台所へ向かうと、さっそく料理を用意し始めた。

「モンスターだから大丈夫でしょうけど、犬が食べても大丈夫そうな物にしてみましたよ」

牛巻が用意したのはステーキだ。ぜんざい用の皿には山盛りに載《の》せられている。

「焼くの大変でしたよ。もっと大型のキッチンが欲しくなりますね」

食卓《しょくたく》にはガーリックソースも置かれている。ぜんざいは、そのソースが気になるようだ。

「ぼふ？」

『それはなんだ？』と、ぜんざいはソースの匂いをクンクンと嗅《か》いでいる。

「料理にかける用のソースです。でも、にんにくが使われているので、狼には毒かもしれません」

「ばう」「がう」

『私も欲しい』『毒は効かない』、そう言って、尻尾《しっぽ》を振っている。よほど食べたいのだろう。

丈二は少し悩む。ペットの管理をするのは飼い主の務めだ。毒になるかもしれない物を食べさせるのは良くない。

だが、ぜんざいは知能の高いモンスター。ペットと言うよりも、友人に近いと思う。

本人が大丈夫だというのなら、本人の意思を尊重するべきだろう。

それに、一般的《いっぱん》にモンスターと動物は異なる生態を持っている。犬に毒だからと言って、犬っぽいモンスターに毒とは言えない。

「分かりました。ただ体調が悪くなったら、すぐに言ってくださいね？」

「ばう」

『心配するな』、ぜんざいは自信に満ちた鳴き声を上げた。

博識な老犬がそう言っているのだ。経験則から大丈夫だと確信しているのだろう。

「では……どうぞ」

丈二はぜんざいのステーキにソースをかける。食事の挨拶をすると、ぜんざいはステーキにかぶりついた。

「がう」「はふはふ」

『美味《うま》い！』『美味いぞ！』

ずいぶんと気に入ってくれたらしい。

老人のような落ち着いた雰囲気はどこへ行ったのか。育ち盛りの高校生のように、ガツガツと肉にかぶりつく。

その様子を牛巻は嬉しそうに見ていた。

「この分なら、なに食べても大丈夫そうですね」

「そうだな。念のため、近いうちに獣医さんのところに連れて行くけど」

おはぎを連れて行っているところだ。ぜんざいの事も診てくれるだろう。

しかし、ぜんざいの食べようはスゴイ。

出会ったときには死にかけていたが、ぜんざいはまだまだ長生きしそうだ。

# 第四話　モンスターパーク

「……どうしよう」

ぜんがいが丈二家《じょうじけ》にやって来てから数日後。

丈二たちは、ぜんざいの飼育登録をするために役所に向かおうとしていた。

しかし、それには一つ問題がある。どうやってぜんざいを連れて行くかだ。

丈二の家から役所は少し距離《きょり》がある。歩くには微妙《びみょう》な距離だ。

おはぎの時は、公共の交通機関を利用した。

だが、ぜんざいを連れて、バスなりタクシーなりはムリがある。

やはり頑張《がんば》って歩くしかないだろうか。丈二がそんなことを考えていると。

「ぼふ」

『私に乗れ』、ぜんざいがそう言ってくる。

確かに、ぜんざいほどの体の大きさがあれば、丈二を乗せて走ることはたやすいだろう。

だが、それはそれで問題がある。

「モンスターに乗って移動して良いんだろうか……」

丈二はスマホを取り出した。とりあえず検索《けんさく》してみる。

馬は軽車両あつかいらしい。自転車と同じだ。一方で、モンスターに関しての明確な法律は無い。

だが、馬と同じだと解釈《かいしゃく》して、モンスターに乗って公道を走っている人がいるようだ。

現状、その人は捕《つか》まってない。ならば、ぜんざいに乗って走っても問題ないはずだ。

丈二は不安を振《ふ》り切って、ぜんざいに乗って出かけることを決めた。

おはぎと一緒《いっしょ》にぜんざいの背中に乗りこむ。毛が少しごわついている。近くで見ると汚《よご》れが目立つ。近いうちに洗ってあげよう。

乗ってみると、改めて丈二は疑問に思う。

ぜんざいは本当に《軽》車両あつかいで良いのだろうか。下手な自動車よりも大きいのだが……。

「がう」

『行くぞ』と、ぜんざいは走り出す。たったったっ、と小気味のいい音を鳴らした。

自転車を全力でこいでいるくらいの速度は出ている。暖かくなってきた春の空気が頬《ほお》を撫《な》でる。

「ぐるぅ！」

丈二の前に乗っているおはぎ。気持ちよさそうに風を受けていた。

これなら、あっという間に目的地に着きそうだ。


役所での手続きはすぐに済んだ。

現在は、おはぎを診《み》てもらっている動物病院にやって来ていた。

ぜんざいを病院の中に入れるのは難しかったため、駐車場《ちゅうしゃじょう》に寝転《ねころ》がりながら診察《しんさつ》されている。

「うん。問題ないようだね。傷は残ってない。食べ物も人間が食べられる物なら問題ないよ」

先生はそう言って、ぜんざいのお腹《なか》を撫でた。

「おはぎちゃんも異常はないね。急激に成長したらしいけど体に影響《えいきょう》はない。いつも通りの健康体だ」

先生はうんうんと、うなずいている。

「ありがとうございます。安心しました。それと、すいません。頻繁《ひんぱん》に来てしまって」

ちょっと頻繁に病院に来すぎている。あんまり来すぎると迷惑《めいわく》じゃないだろうか。

「心配なことがあったら、いつでも来ると良いよ。モンスターを診てくれる獣医《じゅうい》なんて少ないだろうからね」

先生は当たり前のように言った。

丈二は前々から疑問を持っていた。この先生は何者なのだろうか。

丈二が初めて行った動物病院は別の場所だった。

そこの獣医は、モンスターの診察と聞くと苦笑いを浮《う》かべていた。モンスターに関しては未知の部分も多い。なにかあったときに責任が取れないためだろう。

代わりに紹介《しょうかい》されたのが、この先生だった。

「うん？　僕《ぼく》の顔になにか付いているかな？」

「いえ。なんでモンスターも診察できるのかと思って……」

「ああ、そのことかい」

先生は特に嫌《いや》な顔をするでもなく、淡々《たんたん》と答えた。

「僕はもともとモンスターの研究をしていたんだよ。大きな動物病院に勤めながらね。ただ、うっかり病院の政争に巻き込《こ》まれてしまってね。嫌になって独立したのさ」

どうやら、意外とエリートな方だったようだ。

そんな人が近場に動物病院を開いてくれていたのは、ありがたい。

「こんにちは、丈二さん」

聞き覚えのあるクールな声で呼ばれた。振り返ると、そこに居たのは半蔵《はんぞう》だ。

「半蔵さん？　どうされたんですか？」

「ギルドのお使いです。河津《かわづ》先生に用事がありまして」

河津とはおはぎたちを診てくれている先生の名前だ。病院の名前も、『河津動物病院』。

「ちょうど良かった。丈二さんにも見てもらいましょう」

そう言って、半蔵は懐《ふところ》から小さな瓶《びん》を取り出す。

それは透明《とうめい》な液体で満たされていた。その中にプカプカと、なにかが浮いている。

河津先生はそれをジッと見つめる。

「ナメクジに似ているよね」

確かに、見た目は青白く発光するナメクジだ。

「先日倒《たお》したアラクネ。その死体から出てきたものです――」

半蔵はそのナメクジを届けるためにやって来たらしい。河津先生に調査してもらうための、追加サンプルだとか。

河津先生はその瓶を受け取ると、病院の中へと戻《もど》っていった。

半蔵に言われて河津先生が戻ってくるのを待つことになった。丈二にも詳《くわ》しい話を聞いてもらいたいらしい。

外で待っているのは苦じゃない。春の陽気が気持ちいい。日差しがぽかぽかと暖かい。

駐車場でだらんと寝そべるぜんざい。大きなお腹の上で、おはぎがすぅすぅと寝息をたてていた。

「あのへんなナメクジは一匹《びき》だけだったんですか？」

「一匹だけなら、気にもされなかったでしょうね」

半蔵は気分が悪そうに眉《まゆ》を歪《ゆが》ませた。

「アラクネの体の中をうようよと這《は》いずっていました。明らかに異常だと分かるくらいに」

その話を聞いて、丈二も苦い顔をする。

子供のころ水道メーターのボックスを開いたことがある。その中にはナメクジがうようよと這いずりまわっていた。

ひんやりとした日陰《ひかげ》で、湿度《しつど》も高かった。ナメクジにとっては最高の環境《かんきよう》だったのだろう。

暗闇《くらやみ》にうごめく姿を見て、背筋を這われるような不気味さを感じた記憶《きおく》がある。

「……それは他の蜘蛛《くも》にも寄生していたんですか？」

「すべての個体に入っていました……アラクネほど多くはありませんでしたが」

「ぜんざいさんは大丈夫でしょうか」

蜘蛛たちと同じダンジョンに住んでいたぜんざいだ。体の中に入り込んでいる可能性もある。

もしも入り込んでいたら、どんな悪影響があるのか分からない。

「ぜんざいちゃんの心配なら、問題ないよ」

河津先生が歩いてきた。その手には大きな封筒《ふうとう》。

「とりあえず、僕の見解をまとめておいたから。さらに詳しいことが分かったら、また連絡《れんらく》するよ」

河津先生は大きな封筒を半蔵に渡《わた》す。そしてのんびりとした顔を丈二に向けた。不思議と頼《たよ》りになる顔だ。

「まず、こいつらは精霊《せいれい》に寄生する生き物だね」

河津先生は白衣のポケットから小瓶を取り出した。ナメクジの入った瓶だ。

「体のほとんどが魔力《まりょく》で形成されている。だけど自分たちでその体を維持《いじ》することはできない。精霊に寄生して、精霊が作り出した魔力を吸い取ることで体を維持しているのだろう」

精霊は生き物に寄生する。

その精霊に寄生するのが、あのナメクジらしい。

「精霊と生物の関係を寄生と呼ぶことが多いけど、共生と言った方が伝わりやすいね。精霊は生物の生命力を分けてもらう。代わりに精霊は魔力を提供して、生物は魔法を使える。どちらにも利益のある共生関係だ。だけど……」

河津先生はスマホを取り出す。スマホには動画が流されていた。

動画には白いネズミ。その背中にナメクジが張り付いている。

ネズミは半狂乱《はんきょうらん》になったように暴れていた。小さなネズミとは思えないほどの力で体当たりして、檻《おり》を歪ませている。

「このナメクジは魔力を吸い取る。その代わりに何かエネルギーを渡しているようだけど、それは生物にとって良いものとは言えないようだ」

動画では、河津先生が魔法を使ってネズミを眠《ねむ》らせる。

その背中に付いたナメクジをピンセットではがして、ネズミの怪我《けが》を治療《ちりょう》していた。

「このナメクジは生物の凶暴性《きょうぼうせい》を上げて、さらに肉体を変化させるらしい。キミたちが戦ったアラクネも、蜘蛛のモンスターが変化したものだと推測できるね」

半蔵は口元に手を当てて考え込んだ。

「凶暴性を上げる……言われてみれば、あのダンジョンの蜘蛛たちは異常に攻撃《こうげき》的でしたね」

河津先生はスマホの画面を切り替《か》える。そこに写っていたのはネズミの写真。普通《ふつう》のではない。

魔力が見えるサーモグラフィーっぽい写真だ。

そこには、背中にとりついたナメクジがくっきりと写っていた。

「このナメクジはくっきりと写るけど……」

画像が切り替わる。今度はぜんざいの物だ。そこにおかしな影《かげ》は写っていない。

「ぜんざいちゃんにおかしなところはない。ナメクジを解剖《かいぼう》してみたけど、生殖《せいしょく》機能が無い。卵なんかが植え付けられている可能性も低いね。アラクネの体からも、卵は見つかってないらしいし」

丈二は脱力《だつりょく》する。安心して力が抜《ぬ》けた。ぜんざいには心配がないらしい。

「良かったよ。ぜんざいさん」

丈二はぜんざいのお腹を撫でる。

「ばう」

『何を心配しているのだ』と、ぜんざいは呆《あき》れたような眼で丈二を見ていた。

ぜんざい自身は、初めから心配ないと確信していたのだろうか。

「ぐるぅ」

おはぎは起き上がると、ボクも撫でてと丈二の腕《うで》に体をこすりつけてくる。

「うんうん、おはぎも良かった」

丈二が親ばかを発動。おはぎの頬を撫でると、おはぎはぐるぐると喉《のど》を鳴らしていた。

その間、半蔵は難しい顔をしている。

「つまり、ナメクジどもが増える可能性は低いですか？」

「現状では『自然に増殖《ぞうしょく》する可能性は限りなく低い』と言えるね。今後もモンスターと一緒に現れる可能性に関しては、何とも言えない」

「なるほど……」

半蔵は眉を寄せているが、先ほどまでよりは柔《やわ》らかい顔つきだ。

ナメクジが自然増殖して、ダンジョンや自然環境に悪影響が出る可能性が減った。そのことに安心しているのだろう。

「ただ、一つ注意してもらいたいんだ」

「なんでしょうか？」

いつものんびりとした顔をしている河津先生。その顔が険しくなった。

「このナメクジは、モンスターをはじめとした精霊が宿った生物の凶暴性を増す。だけど、同時に強化もするんだ。この情報が流出したら面倒《めんどう》なことになるかもしれない。十分に注意するよう、ギルドに伝えてくれ」

◇◆◇◆◇

「ここが『東京モンスターパーク』かぁー」

数日後。遊園地のような大きなゲートの前。そこに丈二は居た。

ゲートには沢山《たくさん》の人が並んでいる。特に子供の姿が目立ち、ぜんざいたちを見てキャッキャとはしゃいでいる。

丈二の手には二本のリード。

リードの先にはライオンくらいの大きさに縮まったぜんざいと、その背中に乗ったおはぎ。

正直言って、丈二がリードを持ったところで、本気になった二匹は制御《せいぎょ》できない。

だが、こういうのは『管理してますよ』という姿勢が大事だ。

「ぐるぅ?」

『ここは何?』とおはぎが丈二を見上げた。

「ここは、おはぎたちが遊べる場所なんだよ」

そこは『東京モンスターパーク』。東京と名前は付いているが、東京には無い。東京近郊《きんこう》に位置している。

ざっくり言えば、モンスターのドッグラン。手懐《てなず》けたモンスターを遊ばせることができる。

なんと、利用料金は無料。

その代わり、モンスターたちを遊ばせる様子を観客に見せなければならない。

モンスターを見に来た観客は、入場するのにお金を払《はら》う。その費用で施設《しせつ》を運営しているらしい。

動物園っぽい要素も持っている。

「さっき電話したし、そろそろ来ると思うんだけど……」

前々からモンスターパークには足を運ぼうと思っていた。

だが、幸運なことに今回はパーク側から声がかかったのだ。

つまりは案件。お仕事の依頼《いらい》だ。

「お待たせいたしました。牧瀬《まきせ》様でよろしいでしょうか?」

小走りでやって来たのは、おでこの広いおじいさん。某《ぼう》ひげの配管工のような、紺色《こんいろ》のオーバーオールを着ている。にこにことしていて柔らかい雰囲気《ふんいき》だ。

「はい。お世話になります。牧瀬です」

「こちらこそよろしくお願いします。東京モンスターパークの園長をやらせていただいております。『刑部福次郎《おさかべふくじろう》』です。園長と呼ばれることの方が多いのですが……お好きに呼んでください」

園長は、おはぎとぜんざいを見て顔のしわを深くした。モンスターが好きな人なのだろう。二匹に会えて嬉《うれ》しそうにしている。

「では早速《さっそく》ですが、園内に入りましょうか」

「分かりました」

丈二は園長の案内に付いてく。

正面の大きなゲートは、モンスターの観賞に来たお客さん向けらしい。

横に歩いて行くと、少し小さめのゲートがあった。丈二たちは、そこから中に入る。

中は公園のような場所だった。地面は柔らかい芝生《しばふ》でおおわれており、所々にベンチや遊具が置いてある。

そこを囲うように作られた壁《かべ》。大きな窓ガラスから、大勢の観客が覗《のぞ》き込んでいる。動物園の動物の気分だ。

「ここがメインエリアです。モンスターを遊ばせる場合は、ここをご利用ください」

「ぐるぅ⁉」

おはぎがソワソワとしながら、周りを見渡していた。その目は真ん丸だ。

メインエリアには丈二たち以外のお客さんもいる。つまり、手懐けられたモンスターたちが遊んでいた。

大型犬くらいのトカゲ、わたあめのように丸々とした羊、でっかいハムスター、少し大きめのフクロウなどなど。

おはぎは初めて見るモンスターたちに興奮しているようだ。早く遊びたいのだろう。

「ちょっとだけ待ってくれな」

「ぐるぅ！」

おはぎはぶんぶんと尻尾《しっぽ》を振るった。

「ふふふ、元気で良いですね。もう詳細《しょうさい》は話し合っているのですから、大人の退屈《たいくつ》な話は手短に終わらせましょうか――」

改めて、園長から今回の依頼の内容が伝えられる。

それは単純。モンスターパークの利用だ。

丈二たちが『東京モンスターパーク』に来ることは、事前にSNSで予告してある。

そして施設のほとんどは、メインエリアと同じように観客が覗けるようになっている。

そのため、おはぎたちがモンスターパークで遊ぶだけで、ある程度の宣伝になるのだ。

「今でも、たくさんのお客様にお越《こ》しいただいております。しかし、東京近郊で新しいモンスターパークの建設も進んでいます。新しいパークができれば、お客様の興味がそちらに移るかもしれません。その前に、お客様に当施設の良さを知ってもらわなくては、と思いまして」

確かに、人間は新しい物に興味を示しやすい。新しいパークにお客を取られるかもしれない。その前に、東京モンスターパークに親しんでもらって、客離《ばな》れを防ぎたいのだろう。

「ああ、ですが牧瀬様は気になさらないでください。おはぎちゃんたちと、存分にパークを楽しんでいただけると嬉しいです。それが一番の宣伝になるはずですから」

「分かりました。ありがたく楽しませていただきます」

その後、園長は丈二たちから離れた。他にも仕事があるらしい。

東京モンスターパークは、日本でも最大級のモンスター向け施設だ。

その長となれば、やはり忙《いそが》しいのだろう。

「さて、カメラもセットしておくか……」

丈二はいつも使っている、ダンジョン配信用のカメラを起動する。配信ではなく録画設定。動き出したカメラは、ふわふわと浮かびながらおはぎの動きを追いかけていた。

そして、丈二たちはメインエリアを歩き回った。おはぎと遊んでくれるモンスターがいないかと探したのだが……。

「に、逃《に》げられる……」

ぜんざいが近づくと、ササッと逃げられてしまう。

ぜんざいほど巨大《きょだい》なモンスターは他に居ない。威圧感《いあつかん》を与《あた》えてしまっているのだろうか。

どうしたものかと丈二が悩《なや》んでいると。

「あ、牧瀬さんですよね！」

声をかけられた。声の主は高校生くらいの女子。

ちょっとフリフリした女の子らしい服装。だが派手というわけではない。静かなカフェで本を開いていそうな、落ち着いた雰囲気だ。

彼女《かのじょ》の足元には大きめのタヌキが付いてきていた。モンスターだろう。

丈二は、そのタヌキをどこかで見たような気がした。

「はい。牧瀬は俺《おれ》ですけど……」

「やっぱり！　いつも動画見てます！」

どうやら、視聴者《しちょうしゃ》さんだったらしい。にこにこしながら、おはぎたちを見つめている。

「あ、自己紹介が遅《おく》れてすいません。私は『刑部茶々《おさかべちゃちゃ》』です」

「刑部って……」

「はい。園長をしている刑部福次郎の孫です」

園長のお孫さんだったらしい。

なんの用事だろうか。仕事に関する話を、孫経由でしてくるとも思えないが。

「良かったら、おはぎちゃんにこの子と遊んでもらえませんか？」

刑部が足元のタヌキに目を向ける。

「俺は大丈夫ですけど……二匹の相性《あいしょう》の問題ですよね」

タヌキはクンクンと鼻を鳴らしながら、おはぎに近づいた。

おはぎもそれに気づいて、同じように相手の匂《にお》いを確認《かくにん》している。

大丈夫だろうか。喧嘩《けんか》にならなければいいが。丈二は二匹の動向に注意する。

しかし、そんな心配はいらなかったようだ。

二匹は鼻を軽く触《ふ》れさせる。

「きゅーん」

タヌキが甲高《かんだか》い鳴き声を上げる。敵対的な感じではない。

「ぐるぅ」

おはぎも嬉しそうに鳴いた。どうやら仲良くやれそうだ。

「きゅんきゅーん！」

「ぐるぅ！」

タヌキが走り出すと、それを追いかけておはぎも走り出した。追いかけっこだろう。

とりあえず、二匹で楽しく遊べそうだ。

「仲良くしてくれて、ありがとうございます」

「こちらこそありがとうございます。おはぎには友だちがいないので、本当にありがたいですよ。

あの子はなんて名前なんですか？」

「あの子の名前は、『ぶんぶく』です」

ぶんぶくという名前を聞いて、丈二は思い出した。

おはぎの動画投稿《とうこう》を始める前。

まだ社畜《しゃちく》として厳しい毎日を送っていたころに、たまに覗いていたペット動画。その動画のタヌキみたいなモンスターの名前が、ぶんぶくだったはずだ。

「もしかして、動画投稿とかしてますか？」

「あ、私の動画見てくれているんですね。ありがとうございます！」

丈二はぶんぶくを見る。

ぶんぶくとおはぎは、ぜんざいの体によじ登りながら追いかけっこをしている。

画面の向こうで見ていた存在が目の前に居るのは、不思議な感覚だ。

「あの、おはぎちゃんたちの写真を撮《と》っても良いですか?」

「写真ですか? 良いですよ」

「ありがとうございます!」

刑部はさっそくスマホを構えると、カシャカシャとおはぎたちを撮りだした。

その眼《め》は見開かれている。徹夜《てつや》明けのギンギンとした感じ。

「ぐへへ、純真ショタも俺様系おじいちゃんも良いですね……さすがに絡《から》ませるのはムリがありそうですけど」

なにやらブツブツと言っているが、丈二には聞こえない。聞こえないったら聞こえない。

時には耳を閉《と》ざすことも大事なのだ。

刑部の目が、チラリと丈二を見る。その目は腐《くさ》っていた。

「……でも丈二さんとなら」

ヤバい照準が丈二を捉《とら》えた。

このままでは刑部の発酵《はっこう》の餌食《えじき》だ。意識をそらさねば。

丈二が焦《あせ》っていると。

「ばう!」

『どうにかしろ!』、ぜんざいが大きく鳴いた。

おはぎとぶんぶくが、ぜんざいの顔のあたりでじゃれあっている。わちゃわちゃとして、ぜんざいはうっとうしそうにしていた。

お腹のあたりはともかく、顔の付近で遊ばれると気になるらしい。

「ぜんざいさん、すいません。おはぎ、こっちで遊ぼうな」

「ほら、ぶんぶくも」

二人は二匹をぜんざいから下ろす。二匹は再びじゃれあい始めた。

刑部はぜんざいの毛を気にしている。

「そういえば、ぜんざいさんはちょっと汚れてますね」

「そうなんですよね……家で洗おうと思っても、この大きさだとなかなか……」

この大きさでは丈二が一人で洗うのは骨が折れる。そう考えると、なかなか洗えないでいた。

「それだったら、ペットサロン使うと良いですよ。これくらいの大きさなら何とかなるはずです」

「ペットサロンですか？」

「はい。ペットを洗ったり、毛並みを整えてくれたりする施設です。無料なので存分に使ってください」

まさか、そんな施設まで無料とは。モンスターパークも気前が良い。

「それじゃあ、利用してみようかな」

「分かりました。案内しますね」

刑部の案内に従って、ペットサロンへと向かった丈二たち。

「お、大きいワンちゃんですね……」

ペットサロンの職員さんは、ぜんざいを見て引き気味だ。

「この大きさはムリですか？」

職員はいえいえと首を振った。

「大丈夫ですよ。これくらいの大きさなら想定内ですから。こちらへどうぞ」

丈二たちは職員さんに付いて行く。

通路はなかなか広い。ぜんざいが問題なく通れるほどだ。確かに想定済みなのだろう。

「こちらで洗います」

連れて行かれた先は広い風呂場《ふろば》みたいな場所だ。

銭湯から、湯船とシャワーを無くした感じ。代わりにホースが伸《の》びている。

例のごとく、壁には大きなガラスがはめられている。ガラスの向こうには人影。

少しずつ、人が増えているのが見える。

もしかしたら、ぜんざいが洗われるという情報が伝わっているのかもしれない。

ともかく、ぜんざいの丸洗いが始まった。

◇　◆　◇　◆　◇

以降は後日に投稿された動画と、それに付いたチャットの反応だ。

『今日はぜんざいの動画だっけ？』
『ぜんざいって？』
『このあいだの配信で懐《なつ》いてた、デカい狼《おおかみ》の名前だよ』
『そういえば、ＳＮＳで名前発表されてたな』

動画が始まる。
画面には銭湯のような風景が映った。
その真ん中にはぜんざい。周りには作業用のレインコートに身を包んだ三人。

『なんだここ……銭湯か？』
『怪《あや》しい実験場では？ｗｗｗ』
『それ、周りにいるレインコートのせいだろｗｗｗ』

「今日は『東京モンスターパーク』に来ています。そこのペットサロンでぜんざいさんを洗ってもらいます」
職員たちはそれぞれの手にノズルを持っている。

ぜんざいに近づくと、そこから水を出して濡《ぬ》らし始めた。


『三人がかりで洗うのかｗｗｗ』

『このデカさは一人じゃ辛《つら》いやろ』

『犬なんて一匹洗うだけで大変だからな……』


ぜんざいに嫌がる素振りはない。むしろ気持ちよさそうに目を細めている。

濡らすついでに軽いマッサージもしているらしい。

「ぜんざいさん気持ちいいですか？」

「ぼふ」

ぜんざいは気持ちよさそうに鳴いていた。


『俺もマッサージとか行きたくなってきた』

『俺も肩《かた》こりひどいんだよな』

『学生のころは、こんな悩み無かったのにな……』

『なんか哀愁《あいしゅう》が漂《ただよ》ってきたんだがｗｗｗ』


チャット民たちが失った若さを振り返る。その間もぜんざいの体は濡れていく。

毛が体に張り付いて、どんどんしぼんでいった。
「さすがに猫《ねこ》とかほどじゃないけど、ある程度かさ増しされてるもんなんだなー」
『かさ増しｗｗｗ』
『俺の頭もかさ増ししてくれ……』
『涙《なみだ》拭《ふ》けよ……』
全体的に濡らしたら、職員たちはボディータオルにシャンプーを垂らして泡立《あわだ》てた。
それを使って、わしゃわしゃとぜんざいの体を洗い始める。
ここで早送り。
倍速で動く職員たちが、みるみるうちにぜんざいの体を泡だらけにしていく。
羊のように、体全体が泡で包まれていった。
『モコモコや！』
『狼が羊みたいになってて草』
『でも倍速でこの速度なんだよな……』
『職員さんマジでお疲《つか》れ様です』

全体を洗い終わると、職員たちはぜんざいの体を流した。泡が流れてスッキリする。

そして職員たちは、ずぶ濡れになったぜんざいから離れる。

「うぉ⁉」

ブルブルブル‼

ぜんざいが体を震《ふる》わせると、周りに水滴《すいてき》が飛び散った。瞬間《しゅんかん》的なゲリラ豪雨《ごうう》のようだ。


『すげぇ⁉ｗｗｗ』

『犬がやるやつだけど、デカいと迫力《はくりょく》が違《ちが》うわｗｗｗ』

『職員が離れてからやるあたり、ぜんざいは紳士《しんし》だなｗｗｗ』


その後は職員がタオルとドライヤーを使って、ぜんざいを乾《かわ》かした。

しかし、乾かすだけでも何枚ものタオルを使った。あまりにも大変そうな作業だ。

その様子を見て、丈二は呟《つぶや》く。

「ぜんざいさんを洗うのは一人じゃ無理だな……」

◇◆◇◆◇

その後、丈二たちはパーク内のレストランへと向かった。

店内の雰囲気は広めのファミレス。

大きな違いは、壁にはめられた大きな窓ガラス。そこから観客が覗き込んでいる。

「うわ⁉　安いですね⁉」

丈二はメニューを見て驚《おどろ》いた。とてつもなく安い。これでは利益が出ていないだろう。

「ほぼ原価ですよ。おじいちゃんは、定額の食べ放題にしたかったみたいですけど。モンスターによっては店が潰《つぶ》れるから止《や》めたそうです」

それはそうだろう。もし、ぜんざいに食べ放題なんてさせたら、一瞬で食材が消し飛ぶ。

おはぎのおかげで余裕《よゆう》のある暮らしを手に入れた丈二ですら、ちょっと不安になるくらい食べるのだから。

「園長さんは、本当にモンスターが好きなんですね」

「孫の私が言うのもなんですけど、こんなパークを作っちゃうような人ですからね。開業当初は赤字続きだったらしいですし――」

丈二たちは世間話をしながら料理を注文。食事の時間を楽しんだ。

「ぐるぅ♪」

「お、食べ終わったのか。美味《おい》しかったか？」

食べ終わったおはぎが、丈二を見上げた。ちなみに、おはぎのために注文したのは白身魚のソテー。魚介《ぎょかい》系が好みなおはぎだ。

おはぎの口元にはトマトソースがくっついていた。丈二は紙ナフキンで口元をぬぐってあげる。

「ぐるぅ」

パタパタと翼《つばさ》を動かして、丈二の膝《ひざ》へと飛んだおはぎ。膝に寄りかかって、のんびりとしている。

このまま昼下がりのゆっくりとした時間が過ぎる――と丈二は思っていたが。

「なんだぁ⁉　このクソマズい料理はよぉ⁉」

レストランに怒号《どごう》が響《ひび》いた。

丈二が声の方に目線を向けると。

「げぇ⁉　なんで、あの人がここに居るんだよ……」

そこに居たのは、前職の社長。虻川《あぶかわ》社長だ。

丈二は家の中にデカめの虫が出た時のように顔を歪めた。

パワハラセクハラ当たり前。丈二が働いていた会社を真っ黒に染め上げた張本人。

『二度と会いたくない人間選手権』堂々の第一位だ。

「……お知り合いですか？」

「働いていた会社の社長です。陰口《かげぐち》みたいになりますけど、ろくな人じゃないんですよ……」

丈二たちが大量退職した後、会社は大きく傾《かたむ》いているらしい。

社員が抜けた穴を、アルバイトで埋《う》めようとしたが失敗。顧客《こきゃく》からの信頼《しんらい》を無くし、仕事量はどんどん減少。

それでも虻川は贅沢《ぜいたく》が辞《や》められず、借金漬《づ》けになっているらしい。

丈二たちが話している間も、虻川はわめき続けている。レストランの店員さんが止めに入った。

「申し訳ありませんが、他のお客様のご迷惑になりますので……」

「あぁ？　こんなマズい飯出しといて被害者面《ひがいしゃづら》かよ？」

蛇川がわめいているせいで、ガラス窓の向こうから覗いている観客もざわざわとし始めた。

聞き取れる単語によると、『モンスターたちにマズい物を食べさせているのではないか』と疑いが広まっているらしい。

このままでは、蛇川社長のせいで東京モンスターパークの評判が落ちてしまう。

本当は関《かか》わりたくないが、蛇川を止めるために丈二は立ち上がった。

「蛇川さん、くだらない言いがかりをつけるのは止めた方が良いんじゃないですか？」

「あぁ？　なんだ。牧瀬じゃねぇか」

蛇川は驚くこともなく、ニヤリと笑った。まるで、丈二がここに居るのが分かっていたように。

いや、本当に分かっていたのかもしれない。丈二たちがモンスターパークに来ることは、ＳＮＳで告知済みだ。

「そもそも、なんで蛇川さんがここに居るんですか？　ここはモンスター用の施設ですよ？」

「そんなの、俺もモンスターを手懐けたからに決まってるだろ？」

蛇川が足元に目線を向ける。そこには水が集まったような球体。モンスターのスライムだ。

スライムの中には、目のような丸い物が二つ浮いている。あれは目ではなくスライムの核《かく》らしい。

そこに機械のような物が取り付けられているのが見えた。なんの機械だろうか。

「お前のドラゴン様と違って、ただのスライムだけどな」

蛇川は厭味《いやみ》ったらしく言うと、持っていたタバコを口にくわえた。すでに火が点いている。

「ちょっと！　禁煙《きんえん》ですよ！」

「っち！　うるせぇな」

店員に注意された蛇川。うっとうしそうにしながらもタバコを口から離す。

そのまま、足元のスライムに向かって投げ捨てた。投げ捨てられたタバコは、スライムの中でふよふよと浮いている。

その様子を見て刑部が目を鋭《するど》くした。

「何をしているんですか⁉　自分のペットにタバコを投げ捨てるなんて⁉」

「あぁ？　どうせ消化するんだから良いだろうが」

「スライムの体にだって毒なんですよ⁉」

蛇川は怒《おこ》られたところで気にもしていない。ペットへの愛情が感じられなかった。

「……本当に蛇川さんが飼育してるモンスターなんですか？」

「なんだ。俺が不正でもしてるってのか？　他人様《ひとさま》を疑えるとは、お前も偉《えら》くなったなぁ？」

蛇川は丈二を睨《にら》む。二人の間に不穏《ふおん》な空気が流れた。

「ばう！」

ぜんざいが蛇川を睨む。さすがに凄《すご》い迫力だ。

蛇川は顔を引きつらせると、怯《おび》えるように丈二から目をそらす。

「ま、まぁ、今回は許してやるよ」

蛇川はスライムを引き連れて、レストランから逃げ出した。

◇◆◇◆◇

東京モンスターパークの隣《となり》には、モンスターと泊《と》まれるホテルがある。

運営元もモンスターパークだ。さすがにホテルは有料。

しかし、今回は園長が部屋を用意してくれたので、タダで泊まれている。

部屋はとても広かった。ぜんざいのような、大きめのモンスター用に作っている部屋らしい。

「おはぎも遊び疲れたみたいだし、今日は風呂に入って休もうかな……」

風呂に行く準備を始める丈二。

しかし、ぶるぶるとスマホが震える。着信だ。

「あれ、半蔵さんからだ……どうしたんだ？」

不思議に思いながらも、丈二は通話ボタンを押《お》した。

「お疲れ様です。半蔵です。今、お時間よろしいですか？」

「ええ、大丈夫ですけど……」

半蔵はいつもクールな声をしている。しかし、電話口から聞こえてくる声は、いつもより緊迫《きんぱく》した雰囲気を感じさせた。

「丈二さんにお伝えしたいことがありまして」

「伝えたいことですか？」

半蔵は秘密の話をするように、トーンを落とした。

「アラクネの死体が盗《ぬす》まれました」

「え？　どういうことですか？」

「実は、アラクネの死体はギルドの方で管理していたのですが――」

半蔵は語る。

なんでも、ギルドはナメクジについての研究を進めようと思ったらしい。

その研究材料として、アラクネの死体と、その中に詰《つ》まったナメクジを保管していた。

ギルドとしても貴重な研究材料。もちろん、警備は厳重にしていた。

だが先日の夜。

警備員のほとんどが意識を失い、気づいたら死体は無くなっていたらしい。

犯人は全く分かっていない。

「現状、犯人の目的はアラクネの死体にうごめいていたナメクジだと思われます。しかし、犯人の正確な目的は分かっていません。アラクネ討伐《とうばつ》に関わった丈二さんたちに、犯人が接触《せっしょく》する可能性もあります。注意してください」

「わ、分かりました」

「もっとも、先ほど話した通り、犯人の目的はナメクジである可能性が高いです。丈二さんたちが狙《ねら》われる可能性は低いと思います」

そう言われると、ちょっと安心する。ぜひとも無関係なままでいたい。

「それと、河津先生からもお話があるそうです」

「河津先生が？　一緒に居るんですか？」

「ええ、アラクネの死体盗難《とうなん》を受けて、護衛に付いているんです。替わりますね」

通話の向こうで、スマホが手渡されたような音が聞こえた。

「丈二くん。河津です。話をしても大丈夫かな？」

「大丈夫です。なんの話でしょうか？」

「実は、おはぎちゃんの魔力が特殊《とくしゅ》なことが分かってね」

「おはぎの魔力……ですか？」

「ぜんざいちゃんにナメクジの痕跡《こんせき》が無いことを不思議に思ってね。調べてみたんだ」

「ぜんざいさんについて調べて、おはぎの魔力のことが分かったんですか？」

ぜんざいについて調べたら、ぜんざいのことが分かるはず。なぜおはぎが出てきたのだろうか。

「どうやら、同じ人に手懐けられたモンスター間では、ある程度の魔力が共有されるらしい。つまり、おはぎちゃんの魔力が、ぜんざいちゃんにも供給されているわけだね」

なんだか不思議な話だが、ともかくぜんざいの中にもおはぎの魔力があるらしい。

「そして、おはぎちゃんの魔力には例のナメクジを退治する性質があるようだ。ナメクジに塩をかけるように溶《と》けていく」

「え、おはぎの魔力にそんな力があるんですか？」

丈二はおはぎに目線を送る。おはぎはベッドの上でごろごろとしていた。無防備なお腹をさらけ出している。

丈二家では敷布団《しきぶとん》を使っている。ふわふわとしたベッドが珍《めずら》しいのだろう。

なぜ、おはぎにナメクジを撃退するような力があるのかは分からない。おはぎとナメクジには、何か関係があるのだろうか。

「もしかすると、ナメクジの研究に関して協力を依頼することもあるかもしれない。その時はギルドから報酬《ほうしゅう》が出ると思うから、よろしくね」

「分かりました。ギルドにも河津先生にもお世話になってますから。必要があれば言ってください」

そうして、丈二は別れの挨拶《あいさつ》を紡《つむ》いで電話を切った。


電話の後、丈二たちは浴場へと向かった。もちろん、モンスターも一緒にお風呂に入れる。

少し早い時間のせいか、浴場へと向かうと利用者は居なかった。貸し切り状態だ。

丈二はぜんざいやおはぎの体を流して、さっそく湯船に入る。

「がるるぁ」

体の中の疲れを吐《は》き出すように、ぜんざいが鳴いた。フルサイズでは入れないため、ライオンくらいに小さくなっている。

「ぐるぅ！」

おはぎの方は大きなお風呂に大興奮だ。パシャパシャと犬かきで泳ぎ回っている。

静かな空間に、水音とおはぎの泳ぐ音だけが響いていた。

「ぼふ？」

『あれはなんだ？』と、ぜんざいが何かに興味を示していた。目線を追うと、そこにあったのはジェットバス。ぶくぶくと泡があふれている。

「あれはジェットバスですよ。あの泡が気持ち良いんです」

「ばう」

『入ってみる』、ぜんざいはのそのそと風呂から出ると、ジェットバスに近づいた。

丈二もおはぎを抱き上《だ》げて、その後を追う。

ぜんざいは一足先にジェットバスに浸《つ》かった。

「ぼふ！」

『これも良いな！』と、ぜんざいは気持ちよさそうに目を細める。

ジェットバスは噴出《ふんしゅつ》される空気がマッサージ効果を生んでいたはずだ。

「俺たちも入ろうか」

丈二はおはぎを抱《かか》えてジェットバスに入った。噴《ふ》き出る空気が肌《はだ》に当たる。体全体がほぐされる。

「ぐるぅ？」

おはぎは丈二に抱っこされたまま、水面を見た。泡が気になるようだ。ボコボコと動く水面を、ぺしぺしと叩《たた》いていた。

その後も丈二たちは、いくつも種類があるお風呂を巡《めぐ》った。

結局、一時間ほどゆっくりとして、お風呂から上がった。

「ぜんざいさん、待ってください」

浴場から出る前。体を振るわせようとしたぜんざいを、丈二は止めた。

「がう？」

「そのままだと、周りに水が飛び散りますから」

丈二は魔法を使うと、ぜんざいの周りにバリアを張った。

ぜんざいはぶるぶると体を震わせる。ばしゃばしゃと飛び散る水は、バリアに当たって留《とど》まった。

「これなら大丈夫ですね」

さらに、ぜんざいは自身に向かって魔法を使う。ぜんざいの周りに風が巻き起こり、少しずつ毛が乾いていく。シャンプーをしてもらった後に考えた方法だ。

ぜんざいの魔法を使えば、多少時間はかかるが一人でも毛を乾かせる。

「シャンプーは無理でも、水浴びくらいならできそうですね」

「ぼふ！」

ぜんざいは嬉しそうに鳴いた。お風呂が気に入ったようだ。

次の日も、丈二たちはモンスターパークにやって来た。

流石《さすが》に今日はホテルには泊まらない。だが、夕方くらいまでは滞在《たいざい》する予定だ。

「ぶんぶくちゃんは来てないみたいだし、俺と遊ぼうか」

「ぐるぅ♪」

そうしておはぎの遊びに付き合った丈二。追いかけっこや、用意したボールを投げて遊んだ。

しかし、丈二の年齢《ねんれい》は二十代後半。三十代の足音が聞こえてくる今日この頃《ごろ》。体力にも衰《おとろ》えが見えている。無限の体力を持つ子供ドラゴンに付いて行くことはできない。

「ぜぇぜぇ……ちょっと、休ませてくれ」

「ぐるぅ？」

丈二はふらふらになりながら、ばたりと倒れた。

もふん。ふかふかの毛並みに包まれる丈二。どうやら、ぜんざいに向かって倒れこんでしまったらしい。

「ああ、すいません」

ぜんざいの顔を見上げて謝罪をしたのだが……ぜんざいはドコか遠くを見つめていた。

鋭い眼つきと、ピンと立てられた耳。警戒《けいかい》態勢だ。

「どうしたん――うわぁ⁉」

「ガウ！」

問いかけるよりも先に、ぜんざいは丈二の服を噛《か》んで放り投げた。

空中に投げ出された丈二は、ぜんざいのふわふわ背中に着地する。

「ぐるぅ？」

『どうしたの？』と聞きながら、おはぎもぜんざいの背中に乗り込んだ。

ダッ‼

ぜんざいは走り出す。まるで暴走車。もの凄い勢いでパーク内を駆《か》け抜ける。

周りの客や、ガラス窓の向こうの観客も驚いている。誰《だれ》よりも驚いているのは丈二だ。

「ぜんざいさん⁉　どうしたんですか⁉　落ち着いてください‼」

走り抜けたぜんざいがたどり着いたのはレストラン前。

もしかして、お腹が空《す》いていたのだろうか。のんきに考えていた丈二の耳に。

「ガルルァア‼」「ギシャー‼」「ギュイィィ‼」

モンスターたちの興奮した声。店内からは、暴れるような音が鳴り響く。

「キャー⁉」「きゅーん⁉」

逃げるように、女性と小型犬のようなモンスターが飛び出してきた。

「どうしたんですか⁉」

「モンスターたちが！　急に暴れ出して‼」

その一人と一匹に続くように、店内からは数人と数匹の客が飛び出してくる。

彼《かれ》らとすれ違うように、丈二は店内を覗き込んだ。

確かに、中では三匹《びき》のモンスターたちが暴れている。鋭い眼つきに、荒《あら》い動き。ひどい興奮状態。

まるで苦しんでいるようだ。

その興奮の矛先《ほこさき》を、モンスター同士で向けあっている。

モンスターたちは血がにじむ体を乱暴に振り回し、お互《たが》いを攻撃していた。

「バウ！」

モンスターたちに飛び掛《か》かるぜんざい。三匹のモンスターをまとめて吹き飛《ふ》ばした。

ズドン‼　勢いよく壁に激突《げきとつ》したモンスターたちは大人しくなる。しかし、相変わらず興奮しているようだ。

「ぼふ！」

『回復魔法だ』と、ぜんざいは丈二に目を向けた。モンスターたちに回復魔法を使えということだろうか。

「わ、分かりました」

丈二は暴れていたモンスターの一匹に近づく。狼っぽいモンスターだ。ぜんざいほど大きくはない。大型犬くらいのサイズ。たぶん、なんとかウルフみたいな種族名だろう。

丈二はその狼に回復魔法を使ってみる。幸いなことに怪我はひどくない。軽く血はにじんでいるが、丈二でも問題なく治せる。

しかし、回復魔法には精神を安定させるような効果はない。

元気にしたところで襲《おそ》われるのではないか。丈二は不安に思っていたのだが。

「なんか、顔が安らかになってるな……」

怪我が治っていくうちに、モンスターの顔は穏《おだ》やかになっていく。

「くぅーん」

怪我が治ったころには、すっかり大人しくなっていた。

なぜかは分からないが、効果があるらしい。

「他のモンスターも回復します」

丈二は他の二匹にも回復魔法をかける。同じように、すっかり大人しくなった。

「本当に良かった……」

「大丈夫か？　怪我は残ってないか？」

暴れたモンスターの飼い主たちが、モンスターをいたわっている。

しかし、なぜ急に暴れ出したのだろうか。丈二が首をひねっていると。

「ちょっと⁉　どういうこと⁉　ここの食事を食べたら暴れ出したんだけど⁉」

飼い主の一人が店員に詰め寄った。

「申し訳ありません……私共にも原因は分からなくて……」

「分からないじゃないわよぉ⁉」

どうやら、お店の食事を食べたら暴れ出したらしい。しかし、店の中には他にも客が居た。なぜ、この三匹のモンスターだけなのだろうか。

「なにか、三人に共通点はないんですか？　同じ料理を頼《たの》んだとか……」

「違うものを頼んでいたと思うわ。……あ、でも席が近かったかしら」

そう言って、客は席を見る。丈二がその席に近づくと。

「ぐるぅ！」

おはぎが近くのテーブルの下に潜《もぐ》り込んだ。なにか見つけたのだろうか、丈二も気になって覗き込む。

「うわ……なんだこれ……」

テーブルの下では、十数匹のナメクジが這いまわっていた。ただのナメクジじゃない。青白く発光する姿には見覚えがある。河津動物病院で半蔵から見せてもらったナメクジにそっくりだ。

河津先生の研究によると、このナメクジに寄生されると凶暴化してしまうはず。モンスターの暴走はこいつらが原因だろう。

モンスターたちの食事に潜《ひそ》んで、体内に入り込んだのかもしれない。

「うわ⁉　なんだよコレ⁉」

「ちょっと、貴方《あなた》たち掃除《そうじ》もしてないの⁉」

「い、いえ。今朝も清掃は行いました！　その時はこんな風にはなっていませんでした！」

困惑《こんわく》する店員。丈二もこのナメクジの生態は詳しくないが、少なくとも不衛生が原因で発生するものではないだろう。

なにかしら、ここに居る原因があるはずだが……。

「ぐるぅ！」

おはぎがテーブルの奥《おく》から何か転がしてきた。それは大きめの瓶だ。丈二はそれを手に取って観察する。中にはぬめぬめとした粘液《ねんえき》が張り付いていた。

「……誰かがこの瓶に入れて持ち込んだんじゃないでしょうか？」

「誰かって誰なんですか？」

「この席を利用していた人じゃないか？」

丈二は店員を見る。彼女ならこの席を利用していた人を知っているかもしれない。

「あ、この席を利用していた方なら覚えています！　昨日、ご飯がマズいってクレームを入れられた方です。牧瀬様と話していた」

まさかの虻川。彼が関与《かんよ》している疑惑《ぎわく》がわいてきた。

そして、店員は話しているうちに、何かに気づいたようだ。

「そういえば、あの方はモンスターが暴れ出すちょっと前に、急いで店を出て行きました」

さらに虻川が怪しくなってきた。丈二は彼を追いかけるために、店を飛び出した。

◇◆◇◆◇

「クソ⁉　牧瀬の野郎《やろう》、来るのが早すぎる！」

虻川はパークの通路を走っていた。おどおどと怯えたように周りを警戒している。その姿は、『俺は悪いことをしています』と主張しているようだ。

「もう少し騒《さわ》ぎを起こしてやろうと思ったが。ここらが引き時か……」

「その言葉は聞き捨てならないな‼」

ダッ‼

虻川の前に、ぜんざいの巨体が躍《おど》り出る。その背中には丈二とおはぎ。

「なっ⁉　ど、どうして俺を追いかけて来るんだよ⁉」

「あんたが利用した席の下に、ナメクジがウヨウヨしていた。モンスターたちが暴走した原因なんでしょう？」

「な、なんでお前がそのことを⁉」

やはり、虻川が犯人らしい。

「……どこからナメクジを入手したんですか？　死体を盗んだのはあんたなんですか？」

「な、なんのことを言ってるんだ⁉　俺はただ、この施設の評判を落とすために——っ⁉」

虻川はそう口走った。途中《とちゅう》でマズいことを言ったと気づいたのだろう。とっさに口を閉じる。

相変わらず、余計なことを勢いだけで喋《しゃべ》る人だ。丈二は呆れる。

その悪癖《あくへき》のせいで、何度も取引を潰してきたのに反省していないらしい。

「いや、もう聞きましたから。『東京モンスターパーク』の評判を落とすためにやったんですか？」

「……っち！　ああ、そうだよ‼　新しく建設されるモンスターパークに人を呼ぶためにも、こっちのモンスターパークには悪評を背負ってもらわなきゃならねぇんだ‼」

新しいモンスターパークが建設されている。その話は園長からもチラリと聞いた。

「……そんなことして、あんたになんの得があるんですか？」

「ただの仕事だ。もうウチの会社にまともな仕事は来ねぇ。だから、ネガティブな広告を請け負《う》うことにしたのさ」

いわゆる、ネガティブキャンペーンなのだろう。

ライバル会社の悪評を流すことで、自社の方に客を引き寄せようとする。

日本の例で言えば、色彩《しきさい》豊かな携帯《けいたい》ゲーム機が発売されたころに、白黒のゲーム機を批判した『君のは白黒なの？』なんてフレーズが有名だ。

もっとも、そんな広告を打ったら自社のイメージも傷つくため、現代の日本で用いられることは少ない。

ましてや、こんな罪を犯《おか》してまで他社のイメージを傷つけようとするのは、正気とは思えない。

「だから、わざわざ牧瀬が来てるときを狙ったんだよ。お前のおかげで人が集まっているからな。さっきの騒ぎはすぐに拡散される。ＳＮＳ時代バンザイだなぁ!?」

……なぜか、虻川は勝ち誇《ほこ》ったように叫《さけ》んでいた。なぜこんなに強気なのだろう。

「いや、あんた捕まりますよ？　依頼したことがバレたら、依頼元の会社も終わるでしょうし……」

「バカを言え。俺がやったのは、変なナメクジをばらまいただけだ。その結果モンスターが暴走するなんて知らなかった。そういう事にしとけば、ただのイタズラで済むんだよ！」

そんな理論で警察が納得《なっとく》するだろうか。少なくとも、虻川はそうなると信じているようだが。

いや、そもそもの問題だが。

「あの、あんたの自白、バッチリ録画してますけど？」

「…………は？」

丈二は自分の背中側を親指で指さす。そこには、ふわふわと浮いているカメラ。昨日と同じように、動画のために録画を回していた。

「――あ、アレを壊《こわ》せぇぇぇぇぇぇぇ！！！！！！」

蚯川は絶叫《ぜつきょう》すると、持っていたカバンの中から瓶を取り出した。それを勢いよく地面に叩きつける。瓶からナメクジが飛び出た。

そのすぐ近くには蚯川が連れていたスライム。ナメクジはウヨウヨとスライムに近づくと、その体の中に入り込んで行った。

「な、なんかデカくなってないか⁉」

ナメクジを取り込んだスライムは、ドンドンと巨大化していく。メキメキと通路を突《つ》き破り膨《ふく》れ上がる。

「良いぞ‼　そのまま牧瀬たちを踏《ふ》みつぶ――待て⁉　俺を巻き込むな‼　うわぁぁぁ⁉」

スライムの巨体のせいで良く見えないが、蚯川はスライムに飲み込まれたらしい。

蚯川を巻き込んだ後も、スライムは巨大化していく。最終的には小さな倉庫くらいのサイズまで大きくなっていた。

さらに、崩《くず》れた瓦礫《がれき》を巻き込んで、鎧《よろい》のように体に付着させる。

そうして作られたのは瓦礫の巨人《きょじん》。巨大なゴーレムのような巨体へと変化した。

大きな二本の腕を振り上げている。

「ギィイイン‼」

重たい建物がきしむような咆哮《ほうこう》が、あたりを貫《つらぬ》いた。

「な、なんだよそれ⁉」

瓦礫の巨人が腕を振るう。

丈二たちが居た通路には他に人が居ない。しかし、別の場所に被害が出たら死傷者が出るかもしれない。

「ぜんざいさん！」

「ガルァ‼」

ぜんざいは勢いよく飛び出す。スライムの瓦礫腕に向かって体当たりを仕掛けた。

ドガン！

重苦しい音と共に、腕が弾《はじ》き飛ばされる。

「おはぎ、大きくなる魔法を使うぞ？」

スライムの相手はぜんざいがしてくれている。今のうちにおはぎを強化しておこう。

「ぐるぅ！」

『任せて！』、おはぎは自信に満ちた目で丈二を見つめる。

丈二はおはぎの頭に手をのせる。ぜんざいから教わった、一時的に成長する魔法を使った。

おはぎの体がピカピカと光る。

そして黒い雲があたりを包むと、おはぎの体が大きく成長していった。

「グルァァァ‼」

成長したおはぎの迫力はすごい。まさしくドラゴンといった雰囲気だ。

「おはぎ、ビーム！」

「グルゥ‼」

おはぎの口元から光があふれる。光線はいくつにも分かれて、スライムに殺到《さっとう》する。

ズドン‼

すさまじい爆音《ばくおん》と共に、スライムのまとっていた瓦礫がガラガラと崩れ落ちる。

「あ、あんまり効いてない？」

表面の瓦礫をはがすばかりで、スライム本体へのダメージは軽微だ。

瓦礫による防御《ぼうぎょ》。そしてスライム自身に衝撃《しょうげき》への耐性《たいせい》があるのだろう。

しかも、はがれた瓦礫を再び体にくっつけていく。これではいつまでたっても倒せない。

「グルゥ！」

おはぎは連続してビームを放つ。

やはりスライムの瓦礫をはがすばかりで、本体へのダメージは少ない。

「ど、どうすれば……ん？」

スライムが瓦礫で体を隠《かく》すまでの間。丈二には見えた。

スライムの体を漂うナメクジ。体の表面に居るナメクジが溶けていた。

「そういえば、おはぎの魔力でナメクジを倒せるんだっけ……」

河津先生が言っていたことだ。

そもそも、あのスライムがここまで暴れているのはナメクジのせい。

スライム本体を倒せなくても、ナメクジさえどうにかできれば落ち着くはずだ。

「そうか、回復魔法を使えば‼」

丈二は、先ほどのレストランでの事件を思い出す。

暴れていたモンスターたちに回復魔法をかけたら、すっかり大人しくなった。

ぜんざいにはおはぎの魔力が流れているらしい。丈二にもおはぎの魔力が流れてきているのかも。

そして攻撃魔法と違って、回復魔法は体に浸透《しんとう》する。

おはぎの魔力を回復魔法として流してやることで、体内に入り込んだナメクジを駆除《くじょ》できたのだろう。

「おはぎ！　俺と協力して、あのスライムに回復魔法をかけよう」

「グルゥ？」

丈二の力で、巨大スライムの体全体に魔力を通すのは難しい。

だが、おはぎと協力すれば、ナメクジどもを一掃《いっそう》できるかもしれない。

「グルゥ！」

説明するとおはぎは元気よくうなずいた。

「じゃあ、やってみよう」

丈二はおはぎの体に触《さわ》る。

思い出すのは、ぜんざいに巨大化する魔法を伝えられた時だ。

あのときは丈二が魔法を教わった。それと逆のことをイメージする。

丈二はおはぎとの繋《つな》がりを意識する。意思疎通《そつう》をするときに何気なく感じているもの。

そこに向かって魔力を流し込む。回復魔法を使うときのような魔力の流れを意識しながら。

おはぎの口から光が漏《も》れ出る。失敗かと思った。普通のビームになってしまったのかと。

しかし、そこから出ている光は、いつもより優《やさ》しい。淡《あわ》く緑がかっていた。

「グルルルゥ！」

おはぎの口からビームが飛び出る。

それはスライムに直撃しても爆発をしない。染《し》み込むように瓦礫の中に入っていく。

「グルゥゥゥゥゥ！！！！！」

ボコン‼

スライムの体が一瞬だけ膨張《ぼうちょう》する。ガラガラと音を立てて、瓦礫の鎧が崩れていく。

スライムの体は回復魔法を受けた時のように、淡い光に包まれていた。

その中でナメクジたちが苦しそうにのたうち回っている。じわじわと溶けていく。

ナメクジの数に比例するように、シュルシュルとスライムの体が小さくなる。

やがてナメクジがすべて消え去ると、スライムは丈二の腰《こし》くらいの大きさまで小さくなっていた。

変化前に比べると大きい。ナメクジの影響だろうか。

「お、大人しくなってくれたか？」

丈二は恐《おそ》る恐る近づく。

ぱちり。スライムと目が合った気がした。

スライムの体にふよふよと浮かぶ二つの核。目のように見えるそれが、丈二を見つめている気がした。

ぷるん！

スライムはその体を大きく揺《ゆ》らした。

「……あ」

それはぜんざいの時と同じ。なにかが繋がったような感覚がした。

◇◆◇◆◇

その後、事態はトントン拍子《ひょうし》で解決した。

スライムに取り込まれていた虻川は無事だった。むしろ、おはぎと丈二の回復魔法を食らって肌がつやつやしていたくらいだ。

そして丈二は、やって来た警察に録画を提出。それが証拠《しょうこ》となって虻川は逮捕《たいほ》となった。

「これで、あの馬鹿《ばか》社長も完全に終わりですね‼」

その日の夕方。家に帰ると、牛巻《うしまき》は嬉しそうにしていた。

セクハラを受けた恨《うら》みもあるのだろう。虻川が捕まってニコニコである。

「ほら、見てくださいよこれ‼」

牛巻が見せてきたのは動画投稿サイト。テレビ局がニュースを生配信している。

そこでは丈二が録画した虻川の映像が使われていた。

事件を聞きつけた報道機関から提供を求められたためだ。

ちなみに、ナメクジのくだりなどはカット済み。

ギルドからお達しが来たので、牛巻に急いで編集してもらった。

ニュースでも、モンスターの暴走は薬物を混入させたためと報じられている。ナメクジのことは隠したいらしい。

「……私、めちゃくちゃ急いで編集したのに使用料とか払われないんですよね？」

この手の視聴者提供映像は、無償《むしょう》が基本だそうだ。丈二としても不満はある。

だが、『東京モンスターパーク』への悪評を、少しでも早く拭《ぬぐ》ってあげたかった。

いくらネット時代でも。やはり大手メディアの拡散力は凄《すさ》まじい。

「仕方ないさ。これのおかげで、ネットは『東京モンスターパーク』に同情的なんだろ？」

「同情的なんて物じゃないですよ。むしろ『応援《おうえん》します！』って感じです。たぶん、新規のモンスターパークは開発中止でしょうね」

それは仕方がない。濡れ衣《ぎぬ》を着せたネガキャンなんて、とんでもない手法だ。イメージが悪化しすぎて、まともに運営できないだろう。

新規パークの開発会社は大手の広告代理店に依頼をしていたらしい。

しかし広告代理店は下請《したう》けに丸投げ。二次受けだか、三次受けだかの企業《きぎょう》が暴走した結果だと発表した。

この後は、責任を押し付けあうドロドロの訴訟《そしょう》合戦が始まる。

蛇川もそれに巻き込まれるはずだ。なんともご愁《しゅう》傷《しょう》様である。

その後、丈二たちは晩御飯《ばんごはん》を食べることにした。

今日のメインは、牛巻の手作り唐揚《からあ》げ。食卓《しょくたく》に着いた丈二たちは、さっそく晩御飯を頂く。

「しかし、おっきいスライムですね」

丈二のすぐ隣。そこには、ふわふわと体の中に唐揚げを浮かべているスライムが居た。

ぼんやりと何処《どこ》かを眺《なが》めている。

丈二は蛇川が連れていたスライムを連れて帰って来た。

そもそも、このスライムは蛇川が手懐けたわけではないらしい。

パークに侵入《しんにゅう》するのに利用していただけ。ナメクジと一緒に依頼元から提供されたようだ。

そうなると、なぜ蛇川の言うことをスライムが聞いていたのか分からない。

丈二としては、スライムの核についていた謎《なぞ》の機械が怪しい気がする。

しかし、あれはスライムが巨大化したときに外れてしまった。今頃は瓦礫の山で埋もれている。

警察に事情は伝えたので、見つけてくれることを期待するしかない。

そして、蛇川はスライムのことを役所にも届けていなかったため、法的には野良《のら》あつかい。

警察もモンスターを逮捕なんてできないため、どうするかは丈二に任された。

「この子の名前は何にするんですか?」

「……寒天?」

「やっぱり、そういう方向性なんですね」

牛巻はあきれながら、ぽんぽんと寒天の頭を撫でた。ぷるんぷるんと寒天の体が震える。

「……モンスターって、こんなにポンポン懐くものなんですか？」

「さぁ？」

丈二にも分からない。丈二に特殊な才能があったのか。あるいは――丈二はおはぎを見る。

おはぎはナメクジを消し去るなど、不思議な力がある。

モンスターが懐くのも、おはぎのおかげだと考えた方が自然な気がした。

「ぐる⁉」

ガツガツと唐揚げを食べていたおはぎ。

しかし、バッと顔を上げると、ダダダっと縁側《えんがわ》に走る。カリカリと窓を引っかいていた。

「ど、どうした？　外に出たいのか？」

丈二が窓を開ける。おはぎは庭に飛び出すと、穴を掘《ほ》りだした。そして、

「え、トイレ？」

おはぎはトイレをしている時のような体勢をとる。

もちろんトイレは家の中にある。猫用の物を利用。いつもはそこでしているのだが……。

「ぐるぅ♪」

おはぎはスッキリした様子で、穴を埋める。

「……なんだったんだ？」

「そういう気分だったんじゃないですか？」

のんびりと牛巻は言った。外でトイレがしたい気分ってなんだ。

おはぎは何事も無かったかのように家に入ると、再び唐揚げを食べ始めた。

「うーん」

ドラゴン固有の生態だったりするんだろうか。丈二は首をかしげた。


次の日の朝。

ぴんぽーん！

チャイム音で丈二は目を覚ました。時計を見ると朝の五時。こんな時間になんの用事なのか。

丈二は重いまぶたを持ち上げながら、玄関《げんかん》へと向かう。がらがらと扉《とびら》を開く。

そこに居たのは近所のおばあさんだ。朝早くから散歩に行く習慣のある人のはず。

おばあさんは慌《あわ》てた様子で、庭の方を指さしている。

「あ、あんた、庭！　庭を見たかい⁉」

「……庭ですか？」

丈二は庭を見る。そこには――結晶《けっしょう》のような透明な木。

ダンジョンの入り口が生えていた。

# 第五話　モンスター牧場

とりあえずおばあさんには帰ってもらった。

丈二《じょうじ》はダンジョンの入り口の前に立つ。その場所には覚えがある。

昨日の夜。おはぎがトイレをしていた場所だ。

もしかすると、あれはトイレじゃなかったのかもしれない。

（ダンジョンを生んでいた……？）

いや、モンスターがダンジョンを生む話など聞いたことがない。丈二はぶんぶんと頭《かぶり》を振《ふ》った。

落ち着いて見ると、それは他のダンジョンの入り口とは様子が違《ちが》う。

普通《ふつう》のダンジョンの入り口は、もっと寂《さび》しい見た目だ。冬場にたたずむ枯《か》れ木のよう。

一方で、このダンジョンは若木のようだ。数は少ないが、葉っぱのような物が生えている。生長途中《とちゅう》の初々《ういうい》しさを感じる。

「ぐるぅ？」

のそのそとおはぎが歩いてきた。眠《ねむ》たげにまばたきを繰《く》り返している。後ろには、ぜんざいと寒天も付いてきていた。

「ぐるぅ！」

おはぎはダンジョンの入り口を見ると、目を見開いた。嬉《うれ》しそうに丈二に走り寄る。

「ぐるぐるぅ！」

丈二のズボンの裾《すそ》を引っ張る。まるでダンジョンへと連れて行こうとするように。

「ど、どうしたおはぎ、ダンジョンに入りたいのか？」

丈二はおはぎを抱《だ》き上げた。ばたばたとせわしなく尻尾《しっぽ》を振っている。

どのみち、ダンジョンの調査はしないといけないかもしれない。

だが、もう少し準備してから……。

などと丈二が考えている間に、ぜんざいがダンジョンに近づく。

「ぜんざいさん⁉」

ぜんざいは一匹《ぴき》でダンジョンに入ってしまった。

丈二も慌《あわ》てて後を追いかける。

ダンジョンの中は広い平原。だが遠くの方には森も見える。近くには小さな川も流れていた。

ぜんざいは体を元の大きさに戻《もど》して、のんびりと横たわっている。

おはぎは丈二の手を離《はな》れると、パタパタと飛び回り始めた。

ぜんざいもおはぎものんびりとしている。

もしかして安全なのだろうか。だが、せめて周りを見渡《みわた》したい。

丈二がそんなことを考えていると、後ろから腰《こし》のあたりを掴《つか》まれた。

「うお⁉」

振り向くと、そこに居たのは寒天。

寒天はロープのように体を変形させて、丈二の腰のあたりを掴んでいる。

ふわりと丈二の体が浮《う》かんだ。

「もしかして、このまま上に持ってくのか⁉」

ぷるぷると揺《ゆ》れる寒天。それは肯定《こうてい》なのだろうか。

ぐんぐんと丈二の体は持ち上げられていく。二メートルほどで止まった。

そこから見渡す限り。モンスターなどは見当たらない。

「か、寒天。もう下ろしてくれるか？」

ぷるぷると腰を掴んでいる体が震《ふる》えた。それに合わせて丈二を掴むロープが揺れる。その返事の
仕方は怖《こわ》いから止《や》めて欲《ほ》しい。

しゅるしゅると地面に近づいていく。

無事に着地できたときには、地面のありがたみを感じた。

「持ち上げてくれてありがとうな」

寒天の額のあたりを撫《な》でる。

ぷるんと震える寒天。なんとなく、喜んでいる気はする。

「安全みたいだけど……どうしようか」

庭にダンジョンが生えるなんて思ってもいなかった。こういった場合はどうしたら良いのか。

スマホで調べてみようと思ったが、電波が通じていなかった。

ダンジョンで電波を使うには、専用の設備を設置しなければできない。生えたばかりのダンジョ

ンには、もちろんそんなものはない。

丈二はダンジョンから外に出て、スマホで検索《けんさく》。

個人の所有地にダンジョンが生えるのは良くある話らしい。

日本中が誰《だれ》かの土地なのだから当たり前と言えば、当たり前だ。

その場合、ダンジョンの所有権は土地の所有者にあるらしい。

ただし、ダンジョンを所有するのであれば、そのダンジョンからモンスターが出て来ないように管理する必要がある。

丈二家に生えたダンジョンには、今のところモンスターは居ない。

この点に関しては問題なさそうだ。

丈二は縁側《えんがわ》に座《すわ》って考える。このダンジョンをどうするべきか。

「……このダンジョン、凄《すご》くありがたいんじゃないか？」

モンスターが居る様子もない。つまりは安全だ。

十分に広く、おはぎたちの遊び場として丁度いい。

このダンジョンがあれば、わざわざ引《ひ》っ越《こ》す必要もない。

「そうだ。どうせだったら」

丈二は東京モンスターパークを思い出す。

たくさんのモンスターが集まって遊べる場所。あんな雰囲気《ふんいき》を目指して、中を整備していきたい。

たくさんの友だちを呼べるようになれば、おはぎも喜んでくれるかも。

「よし、モンスターパーク、だと被《かぶ》るから……」

丈二は空を見上げる。朝日が輝《かがや》いていた。

「モンスター牧場でも目指してみるか！」


とりあえず、河津《かわづ》先生を呼んでみた。

生えてきたダンジョンと、おはぎの関係性を知りたかったからだ。

幸いなことに午前中に時間を作ってくれた。

河津動物病院の名前が書かれた大きな車でやって来た。いくつもの機材が積んであるらしい。

それらを使って、おはぎやダンジョンの木を検査していた。

ごろんとお腹《なか》を見せるおはぎ。そこにペタペタと何やら貼《は》り付けて調べていた。

「驚《おどろ》きだね。おはぎちゃんとダンジョンの魔力《まりよく》は、ほぼ一致《いっち》しているよ。このダンジョンは間違いなくおはぎちゃんに関係するものだね」

いつもはのんびりしている河津先生。

しかし、今回はさすがに驚いたらしい。いつもより喋《しゃべ》る速度が速い。

「しかも、この木は他のダンジョンとは違う魔力を持っている」

「違う魔力ですか？」

丈二は首をひねる。

河津先生はすぐに答えてくれた。

「『世界中に存在するダンジョンの入り口』。あれらの木は、すべて同じ魔力を持っているんだ」

それは丈二も初めて聞いた話だった。

「だけど、このダンジョンだけは他と違う魔力を持っている。そして、その魔力はおはぎちゃんと一致している。間違いなくこのダンジョンとおはぎちゃんには繋《つな》がりがあると思う」

河津先生はさらに続ける。

「さらに通常のダンジョンと、おはぎちゃんの魔力を比べると類似点が多い。これは親子ぐらいの違いだ。こんなことは過去に例が無い……」

ダンジョンの木とおはぎ。そこにどんな関係があるのか。丈二が考えても、答えは出なかった。

「ところで、どうして急にダンジョンを生んだんですかね？」

「それに関しては、一つ仮説があるよ。丈二くんが寒天ちゃんを手懐《てなず》けたことが原因じゃないかな」

河津先生はノートパソコンを見せてきた。そこにはグラフが表示されている。

横軸《よこじく》は日付。受診《じゅしん》した日だろう。縦軸は……おはぎの魔力量らしい。

しかし、その魔力量の増え方が異常だ。特定の日付で、二回ほど大きく増えている。

「丈二くんが新しいモンスターを手懐けるたびに、おはぎちゃんの魔力量が増えているね」

それぞれの日付は、ぜんざいと出会った日の直後。そして寒天と出会った後。つまりは今日。

この二回で大きく跳《は》ねていた。

「この魔力量の増加によって、ダンジョンを生めるようになったと予想できるね」

「なるほど」

ちなみに寒天を手懐けても、ぜんざいの魔力量は変わっていないらしい。

魔力量の増加は、おはぎ固有の能力のようだ。

もしかすると、おはぎは思っていた以上に凄いドラゴンなのかもしれない。


河津先生の診察が終わった後、丈二たちは『おはぎダンジョン』を歩いていた。

おはぎの生んだダンジョン。だから、おはぎダンジョンだ。

こうして歩き回って分かったことがある。このダンジョンは見た目ほど大きくない。

ある程度進むと、いつの間にか入り口に戻されている。

RPGなんかで、地図の端《はし》っこに行くと反対側から出てくるような場合がある。

それと同じような感じだ。

だが、見た目ほど広くないだけで、決して狭《せま》くはない。

ちょっとした遊び場を作ったり、家庭菜園をするぐらいには十分な広さだ。

「ふぅ、ちょっと歩き疲《つか》れたな……」

丈二はダンジョン出口のあたりで座り込《こ》む。

「ぐるぅ！」

おはぎはまだまだ元気らしい。丈二の周りを走り回っている。遊んで欲しいのだろう。

「ま、待ってくれ。今は休憩《きゅうけい》したいから……寒天？」

おはぎに寒天が近づく。ぷるんと体を揺らしていた。

「ぐるぅ？」

『なぁに？』、おはぎは寒天を見あげる。

寒天は自分の体の一部をちぎる。その欠片《かけら》はおはぎを模した形へと変化していった。

色などは変わっていない。だが形だけならそっくりなおはぎ人形だ。

おはぎ人形はダッと走り出す。

「ぐるぅ！」

本物のおはぎも、それを追って走り出した。ちょうど良い遊び相手だ。

さらに寒天は丈二に近づくと、その腰に自分の体を巻き付けた。

「ど、どうした？」

丈二を持ち上げると、その下に入り込んで椅子《いす》のような形に変化した。

「お、おお、ありがとう」

ビーズクッションみたいだ。柔《やわ》らかいがしっかりしている。ダメにされそうだ。

「おはぎの人形、椅子、いろんな形に変われる寒天は凄いな」

丈二は感心する。ふと思いついた。

「寒天、ちょっと来てくれるか」

「？」

寒天をダンジョンの外に連れて行く。そしてとある動画を見せた。

「これに変身できるか？」

ぷるぷると震える寒天。たぶん肯定している。

ダンジョンに戻ると、さっそく寒天が体を変化させた。

長いアーム。その先に大きなバケット。本体は四角形。ショベルカーそっくりな姿に変化した。

スライムのときよりも体積が大きくなっている。多少は体の大きさを変えられるのだろうか。

「ぐるぅ？」

おはぎが不思議そうに首をかしげる。隣《となり》ではおはぎ人形も同じ動作をしていた。

「試《ため》しに、この辺を掘《ほ》ってみてくれるか？」

ザザザザ‼

バケットが地面に食い込んで、一気に地面を掘り返す。あっという間に小さな穴が掘られた。

「凄い！　寒天が手伝ってくれたら家庭菜園も簡単にできるぞ！」

褒《ほ》められた寒天は嬉しそうにプルプルと震えていた。

◇　◆　◇　◆　◇

数日後。

丈二は寒天の飼育や、ダンジョンの管理に関する必要な申請《しんせい》を終えていた。

そして、無事にダンジョンを使う許可が出た今。丈二にはやりたいことがあった。

「スコップ、肥料、種。準備オッケーだな！」

家庭菜園だ。

田舎《いなか》の大自然に囲まれて農作業。それは理想のスローライフ。

だが、本格的な農家は凄く大変だろう。なので、趣味《しゅみ》として楽しむことにした。

「ついでに動画も撮《と》っておこう」

丈二はカメラを回し始めた。


次の日、動画が投稿《とうこう》された。

動画タイトルは『おはぎたちとダンジョンに畑を作ります！』


『ハイ！　ジョージ。久しぶりの動画じゃないか』

『東京モンパで事件に巻き込まれたんでしょ？』

『ニュースに動画提供したらしいな』

『ダンジョン？　畑？』

『モンスターに襲《おそ》われながら畑でも作るの？』


動画が始まる。

画面の中央には、おはぎを抱いた丈二。その隣に寒天。後ろにはぜんざいが座っている。

『あれ、ジョージがちゃんと映ってるの初めてじゃない？』
『いつも見切れてたからなｗｗｗ』
『なんか増えてない？』
『なんだそのデカいスライム⁉』
『なにここ、ダンジョン？』

「皆様《みなさま》、お久しぶりです。まずは新しく懐《なつ》いてくれた子を紹介《しょうかい》します。スライムの寒天です」

紹介された寒天は体をぷるんと震わせた。挨拶《あいさつ》をしているようだ。

『また増えてる……』
『なんでそんな懐くの？』
『もうジョージを研究した方が良いのでは？』
『スライム可愛《かわい》い‼』
『ぼんやりしてる感じが良いよなｗｗｗ』

「それと、ここは庭に生えてきたダンジョンです」

『生えてきた？』

『マジで⁉』

『実は庭にダンジョンが生えるのは、たまにある話だぞ』

『俺《おれ》も庭にダンジョン生えてきて引っ越したことあるわ……』

『普通に災害だよな』


「しかも、モンスターが出てこないみたいなんですよ」


『それは聞いたことない……』

『純粋《じゅんすい》に土地が増えたようなモノやん⁉』

『土地の資産価値爆上《ばくあ》がりしてそう』


「というわけで！」

丈二が動くとそれに合わせてカメラも動いた。そちらには、農具や肥料が置かれていた。

「ここに家庭菜園を作ってみようと思います！」


『家庭菜園ｗｗｗ』

『もっと土地を有効活用しろｗｗｗ』

『広い土地が手に入ったで！　……せや、家庭菜園作ったろ！』

『そうはならんやろｗｗｗ』

「そして、活躍《かつやく》してくれるのが寒天です！」

カメラが寒天に向かう。

寒天は五体に分裂《ぶんれつ》すると、子供の形に変わる。

そして、スライムの体を変形させてクワを作りだした。

『五人分の人手に変わった⁉』

『スライムって、その辺を動いて糞《ふん》とか食っているイメージしかなかった……』

『ダンジョンの掃除《そうじ》屋だからな』

『ここまで器用に変化するスライムって珍《めずら》しいよな？』

『上位のスライムだと思う』

「それでは、まずは土を耕して柔らかくしていこうと思います」

丈二はクワを持って、土を耕す。

「ぐるぅ！」

おはぎも真似《まね》をして、土を掘りだした。しかし、その小さな手ではあまり効率はよくなさそうだ。

分裂した寒天も五人分の力で土を耕す。ザクザクと一気に耕される姿は見てて心地《ここち》が良い。

ちなみに、ぜんざいはその様子をのんびりと眺《なが》めている。

ぜんざいの大きさでは細かい作業は苦手だろうと、丈二が待機をお願いしていた。

少しの間、無言でザクザクと進める丈二たち。しばらく作業を進めていると。

「こ、これは、思った以上に大変だな……」

思ったより土が固い。雑草の根が土を固めて、なかなかクワが入っていかない。

早くも丈二の足腰は悲鳴を上げ始めていた。

「ぐるぅ！」

おはぎが励《はげ》ますように鳴いた。

「そうだな。自分で始めたことなんだから、もうちょっと頑張《がんば》らないとな！」

丈二は奮起した。

そして再びクワを土に振り下ろしたのだが。取れ高が無かったため、無慈悲《むじひ》なカットだ。

「疲れたぁー‼」

「ぐるぅ！」

カットされると、一軒家《いっけんや》の駐車場《ちゅうしゃじょう》ほどの土地が耕されていた。

丈二はその脇《わき》にどさりと倒《たお》れる。

おはぎはまだまだ元気そう。倒れこんだ丈二の背中に飛び乗る。

『頑張ったやん！』

『これくらいの面積でも土地によっては大変だからな』

『草生えてるから、根っこが絡《から》まってヤバそう』

『お疲れジョージｗｗｗ』


「寒天も休憩にしよう！」

寒天は一つにまとまると、ずるずると丈二たちに近づく。

丈二のそばには、麦茶と山盛りのおにぎりが用意されていた。

「働いた後のおにぎりって美味《おい》しいんだな……」

丈二の胃に塩おにぎりが染《し》み渡った。

隣では、おはぎとぜんざいがバクバクとおにぎりを食べている。

「はい、寒天」

丈二は新しいおにぎりを寒天に投げる。

寒天は体を伸《の》ばして、器用におにぎりを取り込んだ。ぷかぷかと体に米粒《こめつぶ》が浮かぶ。

「休憩が終わったら、こんどは土をふるいにかけないとな！」

その後も丈二たちは畑仕事を続けた。

最終的には大根の種を植えて、今回の動画は終わった。

◇
◆
◇
◆
◇

種まきを終えた次の日。朝早くから丈二とおはぎは畑の様子を見に行った。

まだ変化は起こっていないだろうと思っていた。

だが畑のところどころに、小さな緑色の葉っぱが見える。全部で三つ。大根の芽が生えていた。

「……いや、早くないか？」

そう思った丈二。しかし調べてみると、大根の芽は早くて二、三日で発芽するらしい。

一日で発芽する場合も……あるのだろうか？

「ぐるぅ♪」

一緒《いっしょ》に来ていたおはぎは、嬉しそうに芽に走り寄る。クンクンとその芽を嗅《か》いでいた。

「まぁ、いっか」

発芽してくれたのならそれで良い。丈二は特に気にしないことにした。


さらに次の日。やはり朝早くから畑の様子を見に行った。

他の芽も出ているだろうか。ワクワクしながら畑に行った丈二。

しかし新しい芽は出ていない。

むしろ、昨日は生えていたはずの芽さえなくなっている。どこへ行ってしまったのかと見渡すと。

「あれ、なんだあの穴？」

三か所ほど、小さな穴が開いている。

よく思い出すと、昨日のうちに芽吹《めぶ》いていた大根の種が埋《う》まっていた場所のはず。

「まさか泥棒《どろぼう》……そんな訳ないか」

まだ芽が出たばかり。盗《ぬす》んだところで価値はない。

いったいドコへ行ってしまったのか、丈二は首をかしげる。

「ぐるぅ？」

おはぎも不思議そうに穴に近づく。クンクンと臭《にお》いを嗅ぐと。

「ぐるぅ！」

「え、どうした？」

『こっち！』、どこかに向かって走り出した。丈二も急いでそのあとを追う。

向かった先は、川の近く。一部だけ土の色が違う場所がある。

なんと、そこから大根のような葉っぱが生えていた。ちらりと白い肌《はだ》も見える。

「え、なんでもう生長してるんだ……？」

目の前にあるのは生長した大根。いくらなんでも早すぎる。

そもそも、なぜこんなところに埋まっているのか。

「ぐるぅ」

おはぎは大根らしき葉っぱに近づくと、ちょいちょいっとパンチする。猫《ねこ》パンチのような動作だ。

わさわさ！

「うぉ！」

大根の葉っぱが強く揺れた。ぼこり。周りの土が盛り上がる。

現れたのは短い根っこ。それを手のように使って、よっこいしょと大根が土から這《は》い出た。

「ほわぁぁ!!」

現れたのは顔のようなものが付いた大根。短い手足も生えている。

それは悲鳴にも似た鳴き声を上げる。

寝《ね》ていたのだろうか。ちょっとおはぎに怒《おこ》っている感じがする。

「ほわぁぁ!?」

「ほわぁ？」

その声に反応して、残り二つの大根が顔を出した。

一匹は『どうした!?』と慌てた感じ。

もう一匹はあくびでもするように鳴いていた。

「な、なんだ？　マンドラゴラって奴《やつ》か？」

マンドラゴラ。それは植物の根っこが変化したモンスターだ。

だが、育てた植物がマンドラゴラになったなど、聞いたことがない。

まさか、ダンジョンで大根を育てたからこうなったのだろうか。

マンドラゴラは、短い腕《うで》でおはぎを指して叫《さけ》んだ。文句を言っているような雰囲気だ。

「ほわぁ！　ほわほわぁ！　ほわぁ⁉」

「ぐるぅ。ぐるるぅ」

いったい何の話をしているのだろうか。ほわほわ、ぐるぐると鳴き声が続く。

しばらく話していると、マンドラゴラは何かを理解したらしい。

今度は丈二の方にやって来る。

「ほわぁ！」

マンドラゴラは丈二の方を。いや、その先を指し示して、なにか怒っている。

そして、今度は自分たちが入っていた土を指さす。

「……なにが言いたいんだ？」

マンドラゴラが指した方角を見る。そっちにあるのはダンジョンの出口。あとは畑ぐらいだ。

「……もしかして、畑が気に入らないのか？　だから引っ越してきた？」

「ほわぁ」

うんうんとマンドラゴラたちはうなずく。やはり、畑がダメだったらしい。

丈二は初めて畑を作った。初めてにしてはよくやった方だと思う。

だが野菜目線で見ると、気に入らない部分が多かったようだ。

どうしたものか。悩《なや》む丈二。ふと思いつく。

マンドラゴラは畑を気に入らない。

それなら、今度はマンドラゴラにアドバイスを貰《もら》って作ってみよう。

本人たちにアドバイスを貰えば、良い感じの畑ができるかもしれない。

「じゃあ、君たちが畑の作り方を教えてくれないか？」

「ほわぁ？」

その答えは予想外だったのだろうか。

マンドラゴラは体をかたむける。人間が首をかしげるような動作だ。

そして三匹で集まった。しばらくの間、ほわほわと話し合う。

「ほわぁ！」

三匹は丈二の方を向くと、大きくうなずいた。

どうやら手伝ってくれるらしい。

◇◆◇◆◇

後日。『家庭菜園の大根に怒られたので、畑を改良します』というタイトルの動画が公開された。

『なんだこのタイトル？ｗｗｗ』

『大根に怒られたってなに？ｗｗｗ』

『俺も大根に怒られたい』

『どんな性癖《せいへき》だよ……』

『大根にニーソックスとか穿《は》かせてそう』

動画が始まる。

中央には寒天。その頭の上に白いマンドラゴラたちが三匹乗っている。

『マンドラゴラ⁉　また手懐けたのか⁉』

『ドラゴンとか、クソデカ狼《おおかみ》よりは現実的やん？』

『なお三匹も居る模様ｗｗｗ』

「皆さんこんにちは。前回作った畑から、このマンドラゴラたちが生えてきました」

『畑から生えてきたのかよｗｗｗ』

『うちの畑の野菜もマンドラゴラに⁉』

『普通はならんから安心しろ』

「ただ、彼《かれ》らは前回作った畑に不満があるようです。なので、今回は彼らと一緒に畑の改良をしていきます」

「ほわぁぁ‼」

三匹のマンドラゴラが『やるぞ！』と手を上げた。マンドラゴラたちが寒天から降りる。

寒天の体が三つに分裂した。それぞれが人形に変わる。

しかし普通の人形ではなく、コックピットのような物が付いている。

そこにマンドラゴラたちが乗りこんだ。

「ほわぁ！」

マンドラゴラの動きに合わせて、スライム人形が動く。マンドラゴラ用農業スライムスーツだ。


『なんだそれｗｗｗ』

『あれは、スライムとマンドラゴラの合わせ技《わざ》！』

『知っているのか⁉』

『いや、知らん』


マンドラゴラの小さな体では、畑仕事をするのは不便。寒天に手伝ってもらうことにした。

マンドラゴラたちはザクザクと土を掘って、ふるいにかけていく。

ちなみに、植えてあった大根はプランターに逃《に》がしてある。

ふるいにかけて、石などを取り除く作業は丈二たちもやっていた。だが足りなかったらしい。

マンドラゴラたち曰《いわ》く、『小石が当たって痛い』。

マンドラゴラたちはじゃんじゃん土を掘っていく。丈二よりも手際《てぎわ》が良い。

「……やっぱ俺がやるより早いな」

マンドラゴラたちは簡単な土魔法が使えるらしい。魔法で土を掘りやすくしているのだろう。

ひぃひぃ言いながらやっていた作業を、サクサクと進められると敗北感がある。

大根に敗北感を覚えたのは、丈二が人類初ではなかろうか。

「ほわぁ！」

マンドラゴラが叫ぶ。土をふるいにかけ終わったらしい。それに合わせて丈二は肥料を用意する。

前回は買ってきた肥料を適当に混ぜただけ。それでは良くなかったらしい。

何種類か買ってきた肥料。それを小皿に分けて、マンドラゴラたちの前に出す。

「ほわぁ」

マンドラゴラたちはそれぞれの肥料を口に運ぶ。味見をしているらしい。

ほわほわと話し合い始めた。どの肥料が一番良かったか会議しているのだろう。

『話し合ってるの可愛いなｗｗｗ』

『まるで肥料ソムリエだな』

『これ、選ばれた肥料が売れそうじゃない？』

『選ばれたのは綾鷹《あやわし》でした』

『お茶を畑にまくなｗｗｗ』

LIVE

「ほわぁ！」

マンドラゴラたちが肥料を選ぶ。肥料が入った袋《ふくろ》を渡すと、畑に混ぜ始めた。

丈二から見ると適当に混ぜているだけだが、あれにもコツがあるのだろう。

肥料を混ぜ終わると、いよいよ苗《なえ》を戻し始めた。これもマンドラゴラたちがやってくれている。

丈二が手を貸そうとしたら怒られた。もはや畑はマンドラゴラたちの管理下なのだ。

「ほわぁ‼」

『完成！』、とマンドラゴラたちはバンザイをした。

そして、そそくさと畑の中に潜《もぐ》っていく。できた畑をさっそく試したいのだろう。

「……というわけで、マンドラゴラたちの畑改良でした！」

『完全に丈二の畑奪《うば》われとるやんｗｗｗ』

『これ、本当に大根が生えてくるんだろうか……』

『増殖《ぞうしょく》するマンドラゴラ』

『大根が生えてきたとして、収穫《しゅうかく》させてもらえるのか？ｗｗｗ』

『収穫の時のお楽しみやなｗｗｗ』

◇◆◇◆◇

ダンジョンで遊ぶおはぎと寒天の様子を動画に収めた後だった。

「ほわぁ！」

マンドラゴラたちが走り寄ってくる。あれから数は増えていない。三匹だけだ。

畑には大根の芽が顔を出している。

最近は、彼らが言いたいことが、なんとなく理解できるようになってきた。手懐けたのだろう。

ぜんざいや寒天の時ほど分かりやすい感覚はなかった。魔力量によって繋がりの分かりやすさに違いがあるのかもしれない。

さて、走って来たマンドラゴラたち。

その一匹が丈二の前で鳴き叫ぶ。他の二匹はちょっと困り顔。

だけど丈二の方をジッと見つめている。我がままを言い出せない子供みたいな雰囲気だ。

もはや見慣れた光景。ここ最近、毎日これである。

「ほわぁ!!」

『美味しい肥料が欲しい！』、それがマンドラゴラの主張だ。

以前与《あた》えた肥料で、いったんは納得《なっとく》してくれた。だが、満足はしていなかったらしい。

『もっと美味しいものを！』、と騒《さわ》ぎ出した。

丈二だって、多少のわがままは聞いている。できる限り高めの肥料を購入《こうにゅう》している。

それでもお眼鏡にはかなわなかった。

もしかすると、市販《しはん》の物では満足できないのかもしれない。

マンドラゴラはモンスター。モンスターには、モンスター向けの肥料が必要なのかも。

しかし、そこまでニッチな商品は売っていない。

「分かった。なんとかしてみるよ」

「ほわぁ？」

『ほんとか？』、騒いでいたマンドラゴラは鳴き止《や》む。なんとも現金な子だ。

他の二匹も期待したように見つめてくる。

「肥料か……」

肥料と言えば、家畜《かちく》の糞から作っているイメージだ。

モンスターの糞から作れば、マンドラゴラたちが満足いくものができるかも。

そして家畜と言えば。

「……牛のモンスターとかかなぁ」

牛っぽいモンスターもたくさん居たはずだ。彼らの糞を使えば、良い肥料が作れるかも。

だが自家製となると、いちいち取りに行くのは面倒《めんどう》。

「牛、手懐けられないかなぁ……」

丈二はダンジョンを見渡す。

見た目では分からないが、おはぎダンジョンの広さは大きめの公園くらいだ。
ダンジョンにしては狭い。だが、丈二たちだけで使うには広すぎる。
現状、ほとんどのスペースは使っていない。
牛くらいなら、数頭は問題なく飼える。
エサも問題ないはずだ。牧草ならマンドラゴラたちに管理してもらえば良いだろう。
「モンスターの牛乳も飲んでみたいしなぁ」
牛系のモンスターから採れる牛乳は美味しいらしい。
だが、とても高価。
比較的《ひかくてき》温厚なものでも、モンスターはモンスター。その牛乳を手に入れるのは大変だ。
探索者《たんさくしゃ》が上手《うま》いことモンスターを無力化して、その隙《すき》に乳しぼりをするとか。
そのせいで牛乳にしてはびっくりな値段設定をしている。
「とりあえず、会いに行ってみるか！」
ダメでもともと。
肥料用の糞と、できれば牛乳を回収するだけでも良いだろう。
懐いてくれたらラッキーだ。
「うーん、どうですかねぇ……」
スマホから刑部《おさかべ》の声が聞こえる。牛のモンスターに会いたいことを相談した。

刑部は東京モンスターパーク園長のお孫さん。モンスターについても詳《くわ》しいはず。

しかし、その返答は微妙《びみょう》なもの。

カスタマーサポートのお姉さんが、客から無理難題を押《お》し付けられたときみたいな反応だ。

「丈二さんが会いたいのって、乳牛っぽい牛型モンスターですよね？」

「そうだけど……」

「ああいうのって、管理が厳しいんですよね。例えば――」

刑部が説明してくれた。

丈二が求めているような、美味しい牛乳を出してくれるような牛型モンスターは価値が高い。

牛乳も牛肉も高値で売れるからだ。

価値の高いモンスターが出現するダンジョンは、企業《きぎょう》や個人が所持している場合が多い。

ダンジョンを管理するコストよりも、モンスターが生んでくれる利益の方が大きいからだ。

当然ながら牛型モンスターも、その人たちが管理している。

手懐けているわけではないが、個体数の管理などはしているらしい。

牧場というよりは、漁業に似ているかもしれない。完全に飼育しているわけではないが、種の増減を管理している。

「牛乳不味《まず》い、肉も不味い。筋肉バキバキ超《ちょう》危険!! みたいなのなら、そこらのダンジョンで会えますけどね」

「そっかぁ……」

丈二が想像していたような、牛っぽい牛のモンスターに会うのは難しいらしい。

諦《あきら》めるしかないだろうか。

「あ、でも一つだけチャンスはあるかもしれません」

「チャンス？」

刑部は何か思いついたらしい。

「私の知り合いに、ダンジョンを所持している人が居るんですけど——」

◇◆◇◆◇

「ここで、良いんだよな？」

刑部と話した数日後。

丈二はとある店の前に来ていた。隣にはぜんざい、おはぎ、寒天もいる。

「なんか、西部劇っぽい感じだ」

色褪《いろあ》せた木材。武骨な外観。まるで西部劇の酒場だ。

周囲の建物はいたって普通の民家のため、少し浮いている。

それでも雰囲気は凄い。映画のスタジオを切り取ってきたみたいだ。

そこは居酒屋『ウェスタン』。ここに刑部から紹介してもらった人が居るはずだ。

カランカラン！

両開きのドアを開けるとベルが鳴った。丈二に続けて、おはぎたちも入ってくる。

（良かった。中にいる人たちは普通だ）

西部劇から飛び出してきた荒《あら》くれ者たちが集まっているのでは。そんな不安がよぎった丈二。

しかし店内では普通の人たちが食事を楽しんでいる。

店員さんはコルセット風の服に赤いスカートと、コスプレっぽい格好をしているが。

「ドラゴンにデカい狼。あんたが丈二だな？」

「そうで――うぇ⁉」

声をかけられた丈二。声のした方を見ると、びっくりして声が出た。

カツカツと階段を下りてくる男。

その恰好《かっこう》は、まるでカウボーイ。テンガロンハット。少し土で汚《よご》れたシャツ。腰にはホルスター。

濃《こ》い目のひげに、男らしい顔つき。細身だが、がっしりとした肉体。

格好はまるでコスプレだが、コスプレと評するには似合いすぎている。

「俺がこの店のオーナー。西馬《にしま》だ」

「あ、よろしくお願いします」

西馬はスッと手を出してくる。ごつごつとした手だ。丈二も手を出して、握手《あくしゅ》をする。

「ま、上でゆっくり話そうか」

「分かりました」

西馬に案内されて二階に上がる。応接室に通されソファーに座った。丈二の前に緑茶が置かれる。

（そこは普通に緑茶なのか……）

「ぐるぅ」

おはぎがパタパタと飛んできたので、膝《ひざ》の上に乗せておく。ちょこんと座り、話を聞く体勢だ。

ぜんざいと寒天はソファーの後ろで大人しくしていた。

対面にドカリと座った西馬。彼は口を開いた。

「丈二さんは牛のモンスターに会いたいんだったな？」

「そうです」

「確かに、俺のダンジョンには『カウシカ』って牛のモンスターが居る」

西馬はダンジョンの権利者だ。

そのダンジョンには『カウシカ』というモンスターが生息している。

黒っぽいふさふさとした長い毛と、頭に生えたシカのような角が特徴《とくちょう》のモンスターだ。

ちなみに大きい角を生やすのが雄《おす》。雄の角は武器などの素材としても人気だ。切っても生えてくるため、定期的に切っているらしい。

「確認《かくにん》しておきたい。どうして会いたいんだ？」

「欲しいものがあるからです。肥料用の糞、牛乳……運が良ければ手懐けて連れて帰れたらなと思って」

最後の方は遠慮《えんりょ》気味だ。

ダンジョンに生息しているモンスターは野生。だが実質的に管理しているのは西馬だ。

西馬の許可が無ければ、ダンジョンに入る事すらできない。

連れて帰りたいは、求めすぎかもしれない。だが、ここで変にごまかすのも不誠実な気がする。

丈二は西馬の顔色をうかがう。強欲《ごうよく》すぎだと怒られたらどうしよう。

だが、西馬は不安とは真逆の反応をする。ニヤリと笑っていた。

「手懐けて連れて帰りたいか……そのチャレンジ精神は嫌《きら》いじゃないぜ」

なぜか、気に入ってもらえたらしい。西部劇によくあるフロンティア精神にでも引っかかったのだろうか。

西馬はグイッとお茶を飲み干す。

「分かった。カウシカと会わせる。糞も牛乳もやるし、もしも手懐けられたら連れて帰っても良い——ただし、一つ仕事を頼《たの》みたい」

仕事とはなんだろうか。乳しぼりの手伝いとか?

だが、それだけの仕事で貰える報酬《ほうしゅう》ではないだろう。

「最近、ちっとばかし厄介《やっかい》なカウシカが居てな」

「厄介?」

「デカくて強い奴だ——」

西馬が言うには、カウシカにはいくつかの群れがあるらしい。

そのうちの一つ。特に大きな群れのリーダーが最近替《か》わった。そのリーダーがデカくて強い。

「乳にしろ角にしろ、収穫するときはダンジョンの出口近くまでカウシカを誘導《ゆうどう》する。そこに必要な機材やらを集めているからな」

探索者に追い立ててもらって誘導するらしい。牧羊犬が羊を動かすような感じだろう。

「だけど、その強い奴は、探索者たちを返り討ちにしちまうのよ」

デカ強カウシカは気も強いらしい。

探索者が追い立てようとしても、むしろ果敢《かかん》に襲ってくるとか。

そのせいで大きな群れを動かすことができない。そうなると収穫量《しゆうかくりよう》にも影響《えいきよう》がある。

その強い奴を討伐《とうばつ》する話も出ている。だが、できるなら戦いたくはないらしい。

「戦闘《せんとう》が激しくなれば、他のカウシカに被害《ひがい》が出るかもしれないからな。それで悩んでいるときに、刑部の孫娘《まごむすめ》から連絡《れんらく》が来たんだ。『モンスターを手懐ける凄い人が居る』ってな」

西馬はソファーの後ろで大人しくしている、ぜんざいたちを見た。

その様子だけ見ると、丈二が上手くぜんざいたちを御《ぎよ》しているように見えるのかもしれない。

実際には、ぜんざいたちが賢《かしこ》いため、丈二のお願いを聞いてくれているのだが。

「確かに、丈二さんはモンスターの扱《あつか》いに長《た》けているようだ。アイツのことも上手く動かしてくれないか」

牛たちを誘導して、収穫場まで連れて行く。それが丈二への仕事。

あとは西馬と、雇《やと》った探索者たちで何とかするらしい。

できるかは分からない。だが、西馬もダメで元々らしい。

とりあえず挑戦《ちようせん》してみよう。丈二はうなずいた。

「……分かりました。やってみます」

丈二の頭の中では、スペインの牛追い祭りのイメージが流れていた。

牛の前を人が走って、牛に追いかけられるやつだ。あんな感じで誘導できないだろうか。

気分は闘牛士だ。赤い布でも用意しておこう。


「ダンジョンがあるのはこっちだ」

西馬に案内されて、丈二たちは店の一階に戻った。そこから店の奥《おく》へと通される。

建物にぐるりと囲まれた中庭になっている場所があった。

綺麗《きれい》に手入れされた庭だ。短く刈《か》られた芝《しば》。小さな池。端っこには花壇《かだん》。

その真ん中に透明《とうめい》な木が生えている。

ダンジョンの入り口だ。

まさか店の中にあるとは思わなかった。

西馬がダンジョンに入っていく。丈二たちもそれに続く。

コンクリートに囲まれた部屋に出る。頑丈《がんじょう》そうな部屋だ。

外に続く道には分厚い鉄扉《てっぴ》。その隣に付けられたパネルを西馬が操作する。

ガガガガ‼

重苦しい音と共に、扉《とびら》がゆっくりとスライドする。ふすまのように両側に開いた。

丈二たちが外に出ると、そこは見渡す限りの荒野《こうや》だった。

「ここが俺のダンジョンだ」

「凄いですね。まるで海外に来たみたいです」

赤茶けた大地。ごつごつした岩。茶色い山。低い植物がまばらに生えている。名前も知らない草が転がっていいそうな雰囲気だ。

雄大《ゆうだい》な光景に、丈二はぽかんと口を開けてしまう。

カラカラに乾燥《かんそう》した空気が口に入る。少し砂っぽい。口がじゃりじゃりとした。

「ぺっ！　砂が凄いですね」

「あんまり、ぼんやり口を開けない方が良いぜ。すぐに乾《かわ》いちまうからな」

西馬は外に付いていたパネルを操作して、扉を閉めた。

その後、西馬は入り口があった建物の横に向かう。そこには木造の建物があった。なんの建物なのか。不思議に思った丈二だが、答えはすぐに分かった。

「ブルゥゥ！」

「う、馬小屋か」

そこには茶色の馬。どっしりとした体形だ。ところどころに岩の鎧《よろい》のようなものをまとっている。頭には岩の兜《かぶと》。角のように伸びた形が特徴的だ。

「こいつは俺が手懐けた『ロックホース』ってモンスターだ。名前は『ゴールドラッシュ』。鈍重《どんじゅう》そうな見た目だが、なかなか速い」

西馬はゴールドラッシュに飛び乗る。荒っぽい乗り方に見えたが、ゴールドラッシュは動じない。

見た目通りの頑丈さなのだろう。

「目的地までは少し遠い。俺はこいつに乗っていくが、丈二さんはその狼に乗るんだろう?」

「そうですね。ぜんざいさん、お願いします」

「ぽふ」

ぜんざいの体が大きくなる。元の大きさに戻った。

ぷるんと寒天が動いた。ぜんざいの体にまとわりつくと、座席とハンドルを作ってくれる。

バイクみたいな感じだ。

寒天が来てくれてから、ずいぶんと乗り心地が良くなった。

さらに、寒天は余った体で乗り込むための台まで作ってくれる。

「ありがとう」

丈二はおはぎを抱《かか》えて、ぜんざいに乗った。寒天の座席は、ほどよく柔らかい。

丈二の座席とハンドルの間に、おはぎの座席もある。シートベルト付きだ。

おはぎがふせの体勢をとると、お腹のあたりを寒天の体で固定してくれる。

「クールじゃないか。まさかスライムを馬具にするとはな」

パカパカと足音を鳴らして、西馬たちが近づいてきた。

「それじゃあ、付いてきてくれ」

パカラ！　パカラ！

小気味のいい足音を鳴らして、ゴールドラッシュが走り出した。

ぜんざいもその後を追って走り出す。速度を上げると、ゴールドラッシュに並走する。

ゴールドラッシュはチラリとぜんざいを見ると、速度を上げた。前を走ろうとしているらしい。

しかし、ぜんざいは難なく追いつく。

「おいおい、あんま飛ばすと、バテちまうぞ？」

西馬が二匹に忠告する。しかし、二匹は止まらない。

「バウ！」

『問題ない』と、ぜんざいは速度を上げていく。

以前なら出していなかった速度だ。乗っている丈二が持たないから。

しかし、寒天が来てくれた今。速度を上げても、丈二たちへの負担は少ない。

「ブルヒィィィン‼」

「心配するなって？」

ゴールドラッシュも、なにやら言っているようだ。

二匹のやる気に火をつけてしまったらしい。

「仕方がねぇ。丈二さん、ひとっ走り付き合ってくれ！」

「分かりました！」

二人の会話を聞くと、二匹はさらに速度を上げた。

風圧が強くなる。頬《ほお》が風に引っ張られるようだ。ちょっと怖い。

「ぐるぅ！」

おはぎは楽しそうだ。ジェットコースターみたいな気分なのかもしれない。

「ブルゥヒィィィン‼」

ゴールドラッシュがいななきを上げた。西馬が慌て始める。

「バカ！　それは止め――うぉぉぉ⁉」

ドン！　ドン！　ドン！

先ほどまでは軽快だったゴールドラッシュの足音。それが鈍重なものに変わる。

一気に速度が上がった。

ゴールドラッシュの走った足跡《あしあと》を見る。そこの土が盛り上がっていた。

地面の土を操作して、自身の体を突《つ》き上げるようにして速度を上げているのだろう。

ゴールドラッシュはぜんざいを引き離していく。

「バウ！」

『掴まっていろ』と、ぜんざいの声と同時に――風が止んだ。

走っているはずなのに、空気が流れてこない。

なぜなのか。考える暇《ひま》もなかった。

「どうわぁぁぁぁ⁉」

ガッ！

丈二の体が後ろに持っていかれそうになった。急加速したことによる慣性だ。

吹《ふ》っ飛びそうになったところで、寒天が体を押さえてくれた。

速度が上がっても風は強くならない。

よく見れば、ぜんざいの前で風が避《よ》けている。砂ぼこりでその様子が分かりやすい。

ぜんざいの魔法によるものだろう。

一気にゴールドラッシュに追いつくぜんざい。現状の速度は互角《ごかく》。

ここからどうなるのか。丈二は息をのんだ。

しかし、この走りに音を上げた人がいた。

「止めろゴールドラッシュ‼　この走り方は止めてくれ‼」

西馬は必死の形相で叫んだ。

「俺のケツが死ぬ！」

ドカンドカンと下から突き上げられる西馬。

……あれは確かに痛そうだ。二匹の勝負は流れることになった。


二匹の勝負が終わった後、丈二たちは小さな丘《おか》の上に居た。そこから荒野を見下ろす。

「丈二さん、あれが目標の群れだ」

西馬は遠くを指さす。その先には牛のモンスターたち。

カウシカだ。

荒野に散らばっている。玄米《げんまい》ご飯に黒ゴマを振りかけたようだ。

「こんなに大きな群れを作るんですね。ご飯は足りてるんでしょうか」

丈二はカウシカの多さに驚いた。パッと見た感じでは、五十頭ぐらいは居るのではないだろうか。

エサが少ない荒野で、こんなに大きな群れを作れるとは。

「ウチでも最大級の群れだからな。飯に関してもなんとかなってる。ダンジョンは植物の生長も早いし、アイツらも飯のある所に動いてるからな」

西馬は話しながら、懐《ふところ》から二つの双眼鏡《そうがんきょう》を取り出した。片方を丈二に渡してくる。

「群れの中央。特にデカい奴がいるのが分かるか？」

丈二は双眼鏡を覗《のぞ》いた。

確かに、大きなカウシカが居る。自家用車くらいの大きさだ。

岩のようにゴツゴツした筋肉。頭には立派な角。まるで大樹の枝のようにそびえている。

「アイツが群れのリーダーだ……おっと、ちょうど良いな。群れの右側の方を見てくれ」

丈二は言われるままに視線を動かす。そこにはカウシカ以外のモンスターが居た。

大きなトカゲのモンスターが四匹。二足歩行に、鋭《するど》いかぎ爪《づめ》。ラプトル系の恐竜《きょうりゅう》に似ている。

彼らは上体を低くして、口を大きく開けた。威嚇《いかく》だろう。遠すぎて声は聞こえないが。

小さなカウシカは必死に逃げようとしている。

それを守るように立派な角を生やしたカウシカが前に出る。角を振り回して、ラプトルをけん制。

だがラプトルたちも負けていない。チョロチョロと動き回り、群れを混乱させようとしている。

混乱で飛び出した弱い個体を狙《ねら》おうとしているのだろう。

しかし、思惑《おもわく》通りにはならなかった。

土煙《つちけむり》が上がる。その土煙はすごい勢いでラプトルたちに近づく。

煙の原因はリーダーのカウシカだ。その巨体《きょたい》を揺らしながら、一気にラプトルたちに迫《せま》る。

慌て始めるラプトルたち。

それとは対照的に、カウシカたちは落ち着きを取り戻している。リーダーが来たことに安心しているのだろう。

リーダーはぶんぶんと角を振り回す。

凄い勢いだ。当たればひとたまりもないだろう。

ラプトルたちも危険を感じたらしい。ダッと息を合わせたように逃げ始めた。

「凄いですね。リーダーのカウシカが来たら、群れが落ち着きを取り戻してました」

カリスマ性があるのだろう。リーダーのカウシカが来たら、群れからは、リーダーへの信頼《しんらい》を感じた気がした。

「そうだろう？　あの調子だから、追い込もうとしても動かせねぇのよ」

どうしたものだろうか。丈二は悩む。そこにぜんざいが声をかけてきた。

「ぼふ！」

『私に任せておけ』と、ぜんざいはやれやれといった感じで目を細める。

なにか策があるのだろうか。

その後、丈二たちはぜんざいに従ってカウシカの群れに近づいた。

西馬は置いてきている。

西馬は何度かリーダーと接触《せっしょく》しているらしい。顔を覚えられていたら、警戒《けいかい》されるだけだろう。

ぜんざいは堂々と群れに近づく。丈二たちはその後ろに続く形だ。

最初、群れのカウシカたちは怯《おび》えていた。

しかし、ぜんざいに敵意が無いことが分かると、怯えは困惑《こんわく》に変わった。

ドスドスと足音が聞こえる。リーダーが近づいてきたのだ。

ぜんざいとリーダーは向かい合う。ぜんざいの方が体は大きい。

しかし、リーダーは臆《おく》することもなく、ぜんざいを睨《にら》みつけている。

なんとなく、不良がメンチを切っている感じに似ていた。そう考えると、ぜんざいがヤクザの組長に見えてくる。

「ガウ」

組長、ではなくぜんざいは諭《さと》すように鳴いた。どうやら、説得する作戦のようだ。

「ブモォォォ‼」

それに対してリーダーは威嚇。ずいぶんと興奮している。

ぜんざいの言うことなんか、聞く気はないらしい。

しばらく、二匹の鳴き声が続いた。静かに鳴くぜんざい。威嚇をするリーダー。

初めは熱心に説得しているぜんざいだった。しかし、次第《しだい》にその声に怒気《どき》がはらんでいく。

「ガルゥゥゥ‼　ガウ！」

「ブモォォォ‼」

一触即発《いっしょくそくはつ》。喧嘩《けんか》になってきている。どうして争ってしまうのか。

丈二は腕の中のおはぎを見る。おはぎも呆《あき》れたような目でぜんざいを見ていた。

これはもう駄目《だめ》だろう。一度撤退《てったい》だ。

丈二は二匹を止めに入る。

「ぜんざいさん！　落ち着いてください！　一旦《いったん》帰りましょう」

「ガルゥゥゥ‼」

ぜんざいは丈二を睨む。一瞬《いっしゅん》ドキリとしたが、ぜんざいはゆっくりと後ろに下がる。

分かってくれたらしい。

ぜんざいはリーダーから離れる。丈二たちが離れるのを、リーダーは大人しく見ていた。

戦ってもぜんざいには勝てない。そのことを理解しているのだろう。

丈二は肩《かた》を落としながら、西馬の元に戻った。

「すいません。上手くいきませんでした」

「いやいや、気にしないでくれ。いきなり上手くいくとは思ってねぇよ」

西馬はポンポンと丈二の背中を叩《たた》く。そして悪友のようにニヤリと笑った。

「せっかく来たんだ。アイツらを観察しながら、キャンプでもしないか？」

◇
◆
◇
◆
◇

その日の夜。カウシカの群れが見える場所で、丈二たちはキャンプをしていた。

「うおー、キレイだなぁ」

空を見上げれば満天の星。

うっすらと青みがかった夜空に、キラキラと星が輝いている。

都会の夜空とは全く違う。心が洗われるような気分だ。

「丈二さん、これなんか食べごろだぜ」

「あ、ありがとうございます」

西馬がトングで挟《はさ》んだ肉を差し出してくる。ジュージューという音。香《こう》ばしい匂《にお》い。焼きたてだ。

丈二たちは星空の下《もと》でバーベキューをしている。

「おはぎたちのために焼いてやるのも良いけど、自分でも食わないともったいないぜ」

丈二は先ほどから、あまり食べられていない。おはぎやぜんざいが、次々に食べたがるためだ。

「喜ばれると、ついあげちゃうんですよね」

ただ、もう満足したらしい。おはぎは、寒天の上で眠そうにしている。

ぜんざいは、まだまだ食べる気のようだが。

「しかし、モンスターのために料理するのも大変だな。ゴールドラッシュは生食の方が好きだから楽だけどよ」

ゴールドラッシュはトレイに山盛りにされた食材を食べている。

ニンジンやリンゴ、パンなどが置かれていた。特にリンゴが好きらしい。

食べやすいようにカットされたリンゴを、シャクシャクと食べている。

「馬って――まぁモンスターですけど、パンなんかも食べるんですね」

丈二としては、馬と言えばニンジンなイメージだった。リンゴまでは理解できるが、パンまでも食べるとは思わなかった。

「意外と甘《あま》いものが好きなんだぜ。砂糖なんかも食うし。まぁ、あくまでもオヤツだけどな。主食は草だ」

西馬の話によると、馬用のクッキーなんかもあるらしい。喜んでボリボリ食べるとか。

丈二と西馬はペット談義に花を咲《さ》かせる。しばらく話していると、ザッと足音が聞こえた。

丈二たちが振り向くと。

「もぉ」

そこに居たのは、子供のカウシカだ。群れからはぐれてやって来たらしい。好奇心《こうきしん》からだろう。

ふんふんと鼻を鳴らしながら、ゴールドラッシュのエサに近づく。

食べたいのだろうか。

「あげてみても良いですか？」

「かまわないぜ」

丈二はゴールドラッシュ用のリンゴを手に取る。もうすでに切られていて食べやすい大きさだ。

それをカウシカに差し出した。

「もぅ」

ぱくり。

カウシカはリンゴを食べる。シャクシャクと音が鳴り、ごくりと飲み込んだ。

「もお！」

喜んでくれたらしい。カウシカは嬉しそうに鳴くと、ぺろりと丈二の手を舐《な》めた。

ざらざらしている。猫の舌みたいな感じだ。

「もっと食べたいかい？」

丈二はもう一つリンゴを手に取って、あげようとした。

しかし、西馬に止められる。

「いや、丈二さん、ちょっと待ってくれ！」

ドスン！

大きな足音が近くで響《ひび》いた。

「ブモォォ‼」

気がつけば、すぐ近くにカウシカが居た。群れのボスだ。

ギロリと丈二を睨みつけている。

「もぅ」

その視線をさえぎるように、子カウシカが間に入る。もぅもぅと鳴いていた。なにを話しているのだろうか。

子カウシカが鳴き終わると、ボスはリンゴを見た。

「た、食べるかい？」

「ブモォ！」

くるりと背を向ける。

『そんな物いらねぇ！』って感じだ。ドスドスと群れへと帰っていく。

「もぅ」

子カウシカも、その後を追う。少し名残惜《なごりお》しそうに、丈二たちの方を振り向きながら。

「び、びっくりした……」

いきなり群れのボスがやって来るとは思わなかった。

しかし、今の接触は悪くなかった。

「もしかして、意外と食べ物で釣《つ》れたりしますかね」

子供のカウシカは、美味しそうにリンゴを食べていた。

ボスカウシカも、リンゴに興味を示したように見えた。食べることはしなかったが、それはボスとしてのプライドからだろう。

『他人のほどこしは受けねぇぜ！』みたいな。

「……可能性はあるな。この荒野じゃ食うものも少ないし、美味《うま》いものには目がねぇかも」

だが、食べ物で釣る作戦にも問題点がある。

ただの食べ物を用意しても、リンゴのように拒否《きょひ》されるだけだ。

ボスのプライドを突き崩《くず》せるほどの何かを用意しないとならない。

「なにか、モンスターが気に入るような、特別な食べ物を……あっ！」

マンドラゴラたちが育てた野菜ならどうだろうか。

彼らが育てた野菜が、特別に美味しいかは分からない。

だが、彼らは植物のスペシャリスト。その野菜も、特別美味しい可能性が高いだろう。

しかも、マンドラゴラは植物を生長させる魔法が使えたはずだ。河津先生から聞いた気がする。

「なにか、思いついたのか？」

「まだ不確かな作戦ですけど――」

◇◆◇◆◇

次の日。さっそく家に帰った丈二は、おはぎダンジョンに向かった。

畑に近づくと、『どうした？』と、土に埋まっていたマンドラゴラたちが顔を出す。

「ほわぁ？」

「牛に会ってきたんだけど――」

丈二は事情を説明する。

カウシカたちに美味しいご飯を提供すれば、仲良くなれるかもしれない。

そのために、マンドラゴラたちの力を借りたいことを。

「だから、早めに作物を生長させてくれないか？　のんびり育つのを待ってられないんだよ」

丈二はマンドラゴラたちにお願いする。

だがマンドラゴラたちは、プイッとそっぽを向いてしまった。

「ほわ！」

『イヤだ！』、もそもそと土の中に潜り始めてしまう。ふて寝する子供みたいだ。

なにが嫌《いや》なのだろうか。顔を出してくれよ」

「どうしたんだ？　顔を出してくれよ」

「がう」

ふらっとぜんざいが近づいてきた。

『疲れるらしい』と、ぜんざいは興味もなさそうに鳴いた。ぽりぽりと後ろ足で頭をかいている。

どうやら、マンドラゴラたちが作物を生長させるのは疲れるらしい。

具体的にどんなことをするのか、丈二には分からない。だが、そこをなんとかやってもらえないだろうか。

「ここで頑張ってくれたら、きっと美味しい肥料が作れるからさ！」

「ほわぁ……」

もそもそと一匹のマンドラゴラが出てくる。

一番臆病《おくびょう》な子だ。

申し訳なさそうに、丈二の足元にやって来る。

自分から頼んだことのため、あまり強くイヤとも言えないのかもしれない。

「もしかしたら、カウシカが畑づくりも手伝ってくれるかもしれない。楽に畑が広げられるかもしれないぞ！」

実際に手伝ってくれるかは分からない。

ただ、牛が畑仕事を手伝っているような動画を、なにかで見た気がする。

「ほわぁー」

あくびでもするように、一匹のマンドラゴラが体を伸ばした。

のんびりとした子だ。

のそのそと土から出ると、丈二の足元に寝転がった。

楽になるというワードに引っかかったのかもしれない。

「ほら、他の子たちは手伝ってくれるみたいだぞ。リーダーの君が付いてないと駄目じゃないか？」

「ほわ！」

ずぼっと最後の一匹が土から飛び出た。

自己主張の激しい子だ。

率先《そっせん》してマンドラゴラたちの意見を言ってくる子でもある。三匹のリーダーポジション。

「ほわぁ‼」

少し不服そうにしながらも、手伝ってくれる気になったようだ。

丈二の前で仁王立《におうだ》ちしている。

三匹がそろったところで、丈二はこの後の予定を話す。

「それじゃあ、俺は苗を用意する。とりあえず君たちは新しい畑を準備してくれないか？」

現状の丈二畑にあるのはだいこんのみ。だが、カウシカたちの好みは分からない。

さまざまな野菜を準備した方が良いだろう。

そのために、丈二は苗を買ってくる。

マンドラゴラや寒天には、その苗を植えるための畑を準備してもらう。

「ほわぁ！」

「ほわほわ」

「ほわぁ……」

三匹とも返事はしてくれた。

さっそく、丈二たちは準備に取り掛《か》かることにした。


その日の夜。

「腰が痛い……明日は筋肉痛かもしれない」

牛巻《うしまき》にシップは貼ってもらった。だが丈二くらいの年になると、筋肉痛は辛《つら》い。

数日たってから思い出したように痛くなったり、数日間にわたって痛くなるのだ。

「でも、なんとか畑はできて、苗も植えた」

苗には季節外れなものも交じっている。マンドラゴラパワーで育つかもしれないと思ったからだ。

「ほわぁ！」

そして、マンドラゴラたちの魔法が始まろうとしていた。

三匹は畑を取り囲み、ほわほわと鳴いている。

星明かりに照らされて、彼らの影《かげ》がうっすらと見える。グルグルと、畑の周囲を回り始めた。

これがマンドラゴラたちの魔法なのだろうか。あやしい儀式《ぎしき》のようだ。

「ほわぁ！　ほわぁ！　ほわぁ！」

ぐるぐると回る。畑を取り囲んで回る。

ぐるぐるぐる。ほわほわほわほわ。

ずっと回り続ける。

「……これ、いつまで続くの？」

最初は物珍《ものめずら》しさから眺めていた丈二だが、さすがに飽《あ》きてきた。

おはぎなどは丈二の膝の上で寝息を立てている。隣ではぜんざいが爆睡《ばくすい》していた。

寒天だけは丈二のソファー代わりになってくれている。

「もしかして、一晩中とか……」

嫌な予感がしてくる。

もしかして、とんでもなく時間がかかるのじゃないだろうか。だからマンドラゴラたちは嫌がっていたのかも。

だが、丈二がお願いした手前、無視して帰るわけにもいかない。終わるのを見届けよう。

「……コーヒー淹《い》れるか」

丈二は徹夜《てつや》の覚悟《かくご》を決めた。

少しでも元気を取り戻すため。コーヒーを淹れにキッチンへと向かった。

「あ、先輩《せんぱい》。あっちはもう終わったんですか?」

キッチンへ向かうと牛巻が居た。今日は泊《と》まって編集作業をしていくらしい。彼女《かのじょ》もカフェインの摂取《せっしゅ》に来たのだろう。

「いや、徹夜かもしれん……」

「どういうことですか?」

丈二はマンドラゴラたちの魔法を説明する。それが夜通しになりそうなことも。

「ちょうど良いじゃないですか。耐久《たいきゅう》配信でもしましょうよ」

「ええ……?」

◇◆◇◆◇

そうして、『マンドラゴラの儀式が終わるまで終われない耐久配信!!』が開始されることになった。

「というわけで、皆さん付き合ってください……」

『ひやだ……ジョージに告白されちゃった……』

『勘違《かんちが》い乙《おつ》。告白されたのは俺だから』

『なんでジョージを奪い合うんだｗｗｗ』

『ぜんざいさんは貰いますね』

『ジョージは受けだと思う』

『不浄《ふじょう》なる者ども湧《わ》いて来たか……』


時刻は九時を回ったころ。

ゴールデンタイムということもあって、配信のコメントは盛り上がっている。

寒天のスライムソファーに座った丈二。すぐ隣には、ソロキャン用の焚《た》き火台が燃えている。メタリックな賽銭箱《さいせんばこ》みたいな見た目のやつだ。

牛巻がアニメの影響で購入したが、一回も使わなかった物らしい。わざわざ家から持ってきてくれた。

パチパチという音が心地いい。丈二だけを見たらキャンプ動画のようだ。


『賽銭箱燃えてますよ？』

『賽銭箱ちゃうわｗｗｗ』

『キャンプ動画の雰囲気は出てる……かな？』

「ほわぁ！　ほわぁ！　ほわぁ！」

もっとも、ほわほわ音頭《おんど》のせいでキャンプの雰囲気はぶち壊《こわ》しだが。


『ジョージはとことん格好がつかないなｗｗｗ』

『あとちょっとでいい感じのソロキャン配信なんだけどなｗｗｗ』

『まぁ、ジョージらしいわｗｗｗ』


さて、ただマンドラゴラたちの踊《おど》りを眺めているのもつまらない。

「マシュマロでも食べましょうか」

丈二は用意したバッグからマシュマロを取り出した。

マシュマロを串《くし》に刺《さ》して、焚き火台であぶる。軽く焦《こ》げ目を付けてから口に運んだ。

トロトロになった中身が美味しい。

「ぐるぅ？」

ぜんざいの上で眠っていたおはぎが目を覚ました。クンクンと鼻を動かしている。マシュマロの匂いに釣られたのだろう。

「おはぎも食べるか？」

「ぐるぅ！」

丈二の膝の上にやって来たおはぎ。ほどよく焼いたマシュマロを差し出すと、ぱくりと一口。

熱したマシュマロを食べても熱がる様子はない。流石《さすが》はドラゴンだ。

「ぐるぅ♪」

気に入ってくれたらしい。もっと欲しいと、丈二の胸に飛びついてくる。

「よし、じゃんじゃん焼いていこうか」

どんどんマシュマロを焼いていく丈二。気分は焼きマシュマロ屋さんだ。

さらに、マシュマロの匂いにもう一匹も釣れる。

「ぽふ」

『我にもくれ』と、むくりと起き上がったぜんざい。さっそくマシュマロを要求してくる。

さらに忙《いそが》しくなる焼きマシュマロ屋さん。稼働率《かどうりつ》は百二十パーセント。

ほんわかした名前と違ってブラック労働。社畜《しゃちく》に逆戻りである。

主に一つ食べると、すぐに二つ目を要求してくるぜんざいのせいである。

『頑張れジョージｗｗｗ』

『今日はのんびり配信になるかと思ったらｗｗｗ』

『ジョージはモンスターに振り回される運命』

そうして、忙しい夜が過ぎていく。

焼きマシュマロ屋さんは、袋のマシュマロがすべてなくなるまで大忙しだった。

マンドラゴラたちの踊りが終わったのは、次の日の朝だった。

「……やっと終わったのか」

丈二はときどき気を失いながらも、なんとか夜を越した。

マンドラゴラたちも疲れ切ったようで、畑の周りに倒れている。

『お、終わった……』

『一晩中かかったな……俺、今日仕事なのに……』

『うは……社畜乙……』

視聴者《しちょうしゃ》たちも死屍累々《ししるいるい》。

重たいまぶたを上げて、丈二は畑を眺める。畑には、色とりどりの野菜が実っていた。

◇◆◇◆◇

どっさりと実った作物を収穫した丈二たち。彼らは西馬のダンジョンにやって来た。

すぐ近くにはカウシカの群れ。例のデカくて強いボスが率いる群れだ。

「お疲れ様だ、ゴールドラッシュ」

西馬がゴールドラッシュを撫でる。ゴールドラッシュは荷馬車を引いている。

そこには大量の作物。マンドラゴラたちが育てた作物だ。

収穫のあと、丈二も味見してみた。

とても美味しかった。

この出来栄えなら、ボスを説得できるかもしれない。食べ物をあげる代わりに、牛乳や角を収穫させてくれと。

だが、まずはボスに食べてみてもらわなければ、話にならない。

「ブモォォ‼」

群れからボスが顔を出す。警戒している。突然《とつぜん》やって来た丈二たちを不審《ふしん》に思っているようだ。

「ぐるぅ！」

そこに、おはぎが近づいた。ぐるぐると話しかけている。

たぶん、『野菜を食べて！』みたいな話をしているはず。

だが、ボスの説得は上手くいってなさそうだ。ギロリとおはぎを睨んでいる。

「ブモォォォ‼」

怒ったようなボスの鳴き声。

(交渉《こうしょう》失敗か⁉)

丈二はそう思ったが、作物の山から影が飛び出した。それはボスの前におどり出る。

「ほわぁ‼」

短い腕を腰に当てて、仁王立ちしているのはマンドラゴラだ。追いかけるように、二匹のマンドラゴラが続く。

今回は彼らも付いてきていた。

自分たちが苦労して育てた作物。それを見送りたかったらしい。

「ほわぁ！　ほわほわぁ⁉」

「ほ、ほわぁ！」

「ほわほわぁー」

三匹のマンドラゴラが何か言っている。どうやら、文句を言っているようだ。

苦労して作った作物を、一口も食べようとしないのが気に入らないらしい。

一晩中踊って作り上げた作物。

それをいらないと言われたら、文句も言いたくなるだろう。

「ブモォ――」

「ほわぁぁぁぁぁ‼」

「ぶ、ぶもぉ」

ボスは押され気味だ。

なぜなら、マンドラゴラはアホほど声がデカいから。

それが三匹も集まると凄《すさ》まじい。

小さい体のドコから、あそこまでの声量が出るのか。とても不思議だ。

ボスが反論しようとしても、大声でかき消される。

そして至近距離《きょり》で声を出されると、すごくうるさい。

ボスもイヤそうにしている。

だが暴力に訴《うった》えるわけにもいかない。こちらにはぜんざいが居る。

ボスを睨むぜんざい。少しでも怪《あや》しい動きをしたら、すぐに取り押さえられるだろう。

「ぶ、ブモォ」

ボスはしぶしぶといった様子でうなずいた。ドスドスとこちらに近づいてくる。

食べる気になったようだ。

「よし、じゃあ準備をしようか」

丈二は布を広げると、そこに作物を並べていった。

カウシカたちの好みが分からないので、好きなものを食べてもらえば良い。

ボスはフンフンと鼻を鳴らしながら、作物を品定めしていく。

そして目を付けたのはスイカだった。食べやすいように半分に切ってある。

バクリ‼

皮ごとかぶりついた。ジャクジャクと咀嚼《そしゃく》する。ごくん。飲み込むと。

「ぶもぉぉぉぉ‼」

天に向かって大きく鳴いた。

美味しかったらしい。

バクバクと夢中になってスイカを食べる。あっという間にスイカは無くなってしまった。

すぐ隣のにんじんも食べ始める。これも気に入ったらしい。

「ぶもぉ？」

「もぉう」

そんなボスの様子が気になったのか、他のカウシカたちも食べにくる。

作物の周りはカウシカでいっぱいになった。

だが、小さな畑で収穫した程度の量だ。すぐに無くなってしまった。

「モウ？」

もっとないのか。そんな感じの視線をボスが向けてくる。

それに応えたのは西馬だった。

「俺に付いてきてもらえば、食い物は用意できる。その代わり、牛乳や角を収穫させてもらいたい」

その言葉を聞いて、ボスはドスドスと近づいてきた。

ジッと西馬と睨み合う。

二人の間で、何かしらの意思疎通《そつう》が行われているのだろうか。

数秒ほど睨み合うと、スッとボスがうなずいた。

話が付いたらしい。

ボスは離れていく。それに従って、群れは離れようとした。

だが、数匹の牛が残っている。そのうちの一匹は、この間エサをあげた子牛だ。子牛は丈二に近づくと、鼻を押し付けてくる。

「もしかして、懐いたんじゃねぇか？」

「え……そうかもしれません」

丈二が集中すると、うっすらと子牛との繋がりを感じる。

子牛はくるりと振り返る。そして群れに向かって大きく鳴いた。

「もぉー‼」

子牛が勇ましく鳴いた。ワクワクとした感情と、わずかな寂しさを感じる。

思えば、最初に丈二たちに近づいてきた子だ。好奇心が旺盛《おうせい》な子なのかもしれない。

丈二たちに付いてきて、外の世界を見たいのだろう。

子牛の鳴き声に、ボスが反応した。

子牛を見た後に、ぜんざいの事を見つめる。しかし、すぐに前を向いて歩きだした。

「がう」

『ヤツの子だ』と言う、ぜんざいはボスを見ていた。

「もしかして、ボスの子供なのか？」

付いてきている牛は、世話役みたいなものなのだろうか。

「ぜんざいさんになら子供を任せられると思った？」

いがみ合っていたように見えたが、ぜんざいの強さは認めていたのかもしれない。

この子牛も、成長したらボスのようになるのだろうか。筋骨隆々《きんこつりゅうりゅう》の暴れ牛に。

「……ちゃんと世話できるかな」

なんにしても、無事に牛を迎《むか》えることができた丈二たちだった。

◇◆◇◆◇

丈二は牛が居る生活にも慣れてきた。

おはぎダンジョンにやって来たカウシカは、全部で五匹。

新しい環境《かんきょう》にも慣れてきたようで、のんびりと暮らしている。

無事に牛糞も採れるようになった。

肥料を作るには、もみ殻《がら》も必要だったので通販で買った。

コンポスターも合わせて購入。コンポスターは四角いゴミ箱のようなもの。必要なものを突っ込んで混ぜると、肥料ができるやつだ。

なんとなくの作り方も調べた。これで準備はバッチリ。

さぁ、作るぞ！

と丈二は思ったのだが、気がつけばマンドラゴラたちが作業を終わらせていた。

知らないうちに寒天と協力してやったらしい。

なんとなく、のけ者にされた気分を丈二は味わった。

マンドラゴラたちが、どこから肥料の作り方を知ったのかは分からない。

野生の勘《かん》だろうか。

そういえば、作り方の動画を見ていた時。寒天も一緒に見ていた。彼が作り方を理解していた可能性もある。

「スゴイ、本当に温かいな！」

コンポスターを触《さわ》ると生温かい。中で発酵《はっこう》が起こり、熱を発するらしい。

この発酵がしっかりと完了《かんりょう》すれば、肥料として使えるようになるとか。

そこにマンドラゴラたちが走って来た。

「ほわぁ！」

『僕《ぼく》のだぞ！』と、マンドラゴラにペシリと手を叩かれた。勝手に持っていかれると思ったのだろう。

マンドラゴラたちからすると、肥料は寝かせているワインみたいなものだ。珠玉《しゅぎょく》の逸品《いっぴん》を盗《と》られてはたまらないらしい。

「いや、盗ろうとしたわけじゃないからな？」

当たり前だが、丈二は肥料を盗もうとしていたわけではない。盗んだところでどうしようもない。

だが、食べ物の恨《うら》みは恐《おそ》ろしい。

ここは大人しくコンポスターから離れておこう。

「ほわぁ！」

ヒシッとコンポスターに抱きつくマンドラゴラ。気が強くてリーダー気質の子だ。

丈二は『隊長』と呼んでいる。

「ほわ……」

そんな隊長と丈二を見比べて、おろおろしているマンドラゴラ。

彼のことは『こわがり』と呼んでいる。

こわがりは、丈二が怒ると思っているようだ。

「そんなに怖がるなよ。別に気にしてないから」

「ほわぁ……」

丈二が頭のあたりを撫でると、安心したらしい。こわがりは気の抜《ぬ》けた声を上げた。

丈二の腕に寄りかかってくるマンドラゴラが居た。

「ほわぁー」

大きなあくびをしている。いつも眠たそうにしているマンドラゴラだ。

彼のことは『ねぼすけ』と呼んでいる。

「おっと、俺の腕で寝ないでくれよ。この後、用事があるから」

ねぼすけをこわがりに預ける。こわがりは引きずるように畑へと戻っていった。

ねぼすけは歩くのさえ面倒くさいらしい。

少しずつだが、マンドラゴラたちとも仲良くなっている。

彼らはおはぎと遊びまわっていることもある。なかなか良い関係を築けているはずだ。

丈二がふらふらと散歩をしながら、おはぎダンジョンを見渡していると。

「ぶもぉぉぉ‼」

「がう！」

視界にぜんざいと、子牛が入って来た。

子牛が突撃《とつげき》して、それをぜんざいがあしらう。彼らは暇があると、ああして戦っている。

戦闘訓練をしているらしい。

群れの立派なボスになるため、ぜんざいに鍛《きた》えてもらっている。

（そのうち、お父さんみたいになるのだろうか……今の状態からだと想像もできないけど）

子牛は少しずつ角が伸びてきている。

だが、まだまだ子供だ。ムキムキモンスターになった姿が想像できない。

そういえば、子牛にはまだ名前をつけていない。丈二はずっと子牛と呼んでいる。

名前を付けてあげた方が良いだろうか。

「牛、牛乳、バター、ヨーグルト、黒っぽいし『カフェオレ』とか……」

などと丈二が考えていると。

牛巻がダンジョンに入って来た。入り口から手を振っている。

「せんぱーい！　お客さんですよー！」

「もうそんな時間か……分かった！　今行く！」

待っていたお客さんが来た。カウシカたちが来てから楽しみにしていた日だ。

ダンジョンから出ると、すぐ目の前に縁側。その奥には居間がある。

居間では、ひげ面のおじさんがお茶をすすっていた。

「おう、丈二さん。数日ぶりだな。カウシカたちは元気にしてるか？」

西馬だ。彼は気さくな笑顔《えがお》を丈二に向けてくる。

「はい。問題ありません」

「そいつは良かった」

西馬と話していると。

ザッ！

隣から足音が聞こえた。振り向くと、目の前に馬面。

「ぶるぅぅ」

「おぉぉう。ゴールドラッシュも来てたんですね」

丈二は少しびっくりする。もしかして、西馬はゴールドラッシュに乗って来たのだろうか。

（相変わらず破天荒《はてんこう》な人だなぁ……）

そんなことを考えた丈二だが、狼に乗って移動している丈二の方がとんでもない奴である。

「ところで丈二さん、準備は大丈夫か？」

「はい、必要な道具は用意してあります」

「それなら、さっそく始めようか」

西馬はよっこいしょと腰を上げた。

丈二も動画撮影《さつえい》の準備を始めなければ。

◇　◆　◇　◆　◇

後日『初めての乳しぼり！』というタイトルの動画が公開された。


『乳しぼりって……どのモンスターのだ？』

『ぜんざいはメスだった……？』

『いやいやw　ＳＮＳでカウシカを手懐けたって投稿してたよｗｗｗ』

『エサあげたら懐いたらしいなｗｗｗ』

『そんな簡単に懐くのか、俺もやってみようかな……』

『無理だから絶対にマネするなよ』

『モンスターおじさんのジョージだから懐いただけだぞ』


動画が始まる。

画面の中央には丈二。その腕の中にはおはぎが収まっていた。

すぐ隣にはカウシカ。角が短いことからメスだと分かる。

さらに、後ろの方では数頭のカウシカが草を食《は》んでいるのが見える。気にしたように丈二たちを見ていた。

「皆さんこんにちは。今回はカウシカの乳しぼりをしていこうと思います」

『これがカウシカかぁ』

『野性的な黒毛和牛って感じじゃない？』

『一匹かと思ったら、後ろにまだ居るんだがｗｗｗ』

「そして、今回は乳しぼりを教わるために、ゲストを呼んでいます。どうぞ！」

丈二が手を差し出すと、西馬が画面に入ってくる。なんとなく場慣れしている雰囲気だ。

ニヤリと笑って自己紹介を始める。

「よう、カウシカが居るダンジョンを管理してる西馬だ」

『カウシカなんてどこで見つけたのかと思ったら、この人の所だったかｗｗｗ』

『誰？　有名人？』

『元探索者で、今は酒場経営とダンジョンの管理やってる人』

『たまにテレビ出てるよな』

「西馬さん、今日はよろしくお願いします」

「ぐるぅ」

丈二が西馬に向かって頭を下げる。それに合わせておはぎが鳴いた。

「そんな、かしこまらないでくれよ。俺と丈二さんの仲じゃないか！」

西馬は勢いよく丈二の背中を叩く。少し丈二の体がふらっとしていた。なかなかの力のようだ。


『どういう繋がりで仲良くなったんだ？』

『ぜんぜんタイプ違うような』

『二人とも何となく世間からズレた雰囲気があるけどなｗｗｗ』

『変な所でのんびりしてるジョージ。豪快《ごうかい》すぎる西馬』

『ある意味では気が合うのかもしれんなｗｗｗ』


「それじゃ、さっそく始めようか」

「分かりました」

丈二はバケツを用意する。しっかりと洗った清潔なやつだ。

それをカウシカの乳の下に設置する。

西馬はカウシカを撫でながら、遠くにいる子牛を指さす。

「たぶん、こいつはあの子牛の母親だと思う」

子牛の方を見ると、のんびりと草を食んでいた。

「見ての通り離乳《りにゅう》してる。それでも、カウシカたちはしばらくの間は母乳を作り続けるんだ」

西馬はカウシカの胸を指さす。パンパンに張っている。苦しくないのだろうか。

「普通の乳牛なら定期的に乳をしぼってやらないと病気になる。ただ、こいつらはモンスターだし、そもそも野生だからな。人間が管理しなきゃ生きていけない生き物じゃない。母乳が必要無くなれば、勝手に作らなくなる」

『あれ、乳離れしてるんでしょ？』

『牛乳採れなくなる？』

『せっかく連れてきたのにな』

「それじゃあ、もうあまり牛乳は採れないんですか？」

西馬はいやいやと手を振った。まだ出し続けてくれるらしい。

「定期的にしぼってやれば、あと半年くらい母乳を出し続けてくれるはずだ。個体差はあるけどな」

『良かったなジョージｗｗｗ』

『母乳って意外と長い期間出るんやな』

話し終わると、丈二たちは乳しぼりを始める。

最初に西馬が手本を見せて、その後に丈二がやってみた。

結果としては大成功。

丈二とおはぎは、バケツを覗き込む。バケツの半分ほどが、牛乳で埋まっていた。

「これ、すぐには飲めないんですよね？」

「そうだ。しぼったばかりの牛乳は細菌《さいきん》がウヨウヨしてるからな。熱を通して殺菌しないとならない」

『そうなんか……酪農家《らくのうか》の人ってしぼりたての牛乳を、その場で飲んでるイメージあったわ』

『普通に腹壊すから止めとけよ？』

『加熱用カキを生で食うみたいなもんやなｗｗｗ』


カット編集が入る。

次のシーンは台所。牛乳を鍋《なべ》に移して火にかけた。

「殺菌方法には二種類ある。沸騰《ふっとう》させて短時間で終わらせる方法と、沸騰まではしない温度で三十分ほど火にかけるやり方がある。味は変わるが、どっちの方が美味いとも言えないから好みでやってくれ」

丈二が選んだのは沸騰させる方。ぐつぐつと煮込《にこ》みながらかき混ぜていく。

『時間かけた方が美味そうじゃない？』

『マジで好みだと思う。ホットミルクだって美味いやろ？』

無事に殺菌が終わる。それを冷ましたら、コップに移す。おはぎの分も用意した。

「いただきます」

「ぐるぅ」

丈二はゆっくりと牛乳を口にふくむ。おはぎはペロリと牛乳を舐める。

二人はパッと目を輝かせた。

「美味しいですね！」

「ぐるぅ！」

「なんて言うんですかね。コクがある？　クリーミー？　癖《くせ》になるような濃厚《のうこう》さがあります」

『ジョージって食レポ下手よなｗｗｗ』

『でも美味しそうに飲んでるから、俺も飲んでみたくなるわ』

『販売してくれ！』

『乳製品は万が一の食中毒が怖いからなぁ……販売は難しいやろ』

丈二たちがカウシカの牛乳に感動していると、ゴソゴソとカメラの外から音が鳴った。

「ん？　……ぜんざいさん⁉」

カメラがそちらを向く。

体を小さくして台所に入り込んだぜんざいが、バケツに顔を突っ込んでいた。

「がう」

顔を上げると、口周りが白く汚れている。バケツに残った牛乳を舐めていたのだろう。

「それ、まだ殺菌終わってないやつなんですけど……」

「がう」

「『大丈夫だ』って……まぁ、ぜんざいさんなら大丈夫かもしれないですけど、飲みたいなら言ってくださいよ」


『勝手に酒飲んでるおじちゃんかなｗｗｗ』

『フリーダムぜんざい』

『ミルクぜんざい』

『ちょっと食べてみたいなそれｗｗｗ』

# 第六話　猫《ねこ》です

「うーん……」

天気の良いダンジョンの中。丈二《じょうじ》はスマホと睨《にら》めっこをしていた。

丈二はカウシカたちのために牛舎を建てようと思っている。ダンジョンを見渡《みわた》してレイアウトを考えながら、業者を検索《けんさく》していた。

ぐぅー。丈二のお腹《なか》が鳴った。考えるのを中断しよう。今日の昼ご飯は何かな。

丈二はダンジョンから出る。縁側《えんがわ》から台所を見たが、牛巻《うしまき》が居ない。

キョロキョロと見回すと、玄関《げんかん》の方に姿が見えた。

あんなところで何をしているのか。丈二は不思議に思いながら近づくと。

「どうし——うぉ⁉」

「あ、先輩《せんぱい》！　ちょうど呼びに行こうとしてたんですよ！」

家の塀《へい》で見えていなかったが、牛巻の前には三人の小学生が居た。

真ん中の男の子の腕《うで》の中を見てギョッとした。

血まみれの三毛猫を抱《だ》いていた。体のあちこちに怪我《けが》をしている。殴《なぐ》られたような打撲《だぼく》だ。

息はしている。死んではいない。

「とりあえず、回復させてあげようか」

丈二は猫に回復魔法《まほう》をかける。その間に、子供たちから話を聞いた。

「あのね。怖《こわ》いお兄ちゃんがいじめてたの」

「ひどいんだよ⁉　野球ボール投げてたんだ！」

「その人たちが居なくなったから、助けてきたんだ」

不良たちが猫をいじめていたらしい。なんともひどい話だ。

「それでね。おはぎちゃんのおじちゃんは回復魔法が使えるんでしょ？　だからここに来たの」

「いつも動画で見てるよ！」

子供たちは視聴者《しちょうしゃ》さんだった。動画で丈二は回復魔法が使えることを知っていたらしい。

そして丈二は、近所ではちょっとした有名人。近くに住んでいる子なら、丈二の家を知っている。

だから猫を助けてもらおうと来たらしい。

「とりあえず、猫ちゃんの怪我は治ったよ」

「良かったぁ」

猫は力なく目を開けると、キョロキョロと周りを見渡している。命に別状はないはずだ。

猫は助かった。だが、子供たちは困っていた。

助けたは良いが、この後どうするかは決めていなかったらしい。

「僕《ぼく》んちは駄目《だめ》だよ。ペット禁止だもん」

「俺《おれ》の家も犬飼ってる」

「私のお母さん猫アレルギー……」

どうやら、どの子の家もダメらしい。ならば仕方がない。

「それじゃあ、おじさんの家で預かるよ」

猫の一匹《ぴき》くらいなら大丈夫。飼育しているモンスターの数からいったら誤差みたいなものだ。

「ありがとう！　おじさん！」

「うん。いつでも会いに来てね」

丈二は猫を受け取って、その腕に抱いた。

子供たちは、名残惜《なごりお》しそうに帰っていく。それぞれ、このあと用事があるらしい。

さて、とりあえず猫を河津《かわづ》先生のところに連れて行こう。

いつもモンスターばかり診《み》てもらっているが、あそこは動物病院だ。普通《ふつう》の猫も診てもらえる。

牛巻は猫を見つめた。

「いまさら、普通の猫を飼うことになるとは思いませんでしたね」

「おはぎたちほど頑丈《がんじょう》じゃないから、食べるものには気を付けないとな」

丈二は猫を抱っこしながら家に入る。もぞもぞと、腕の中の猫が動いた。

「いやー、助かりましたにゃ！」

「……は？」

馴染《なじ》みのない声が聞こえた。

牛巻を見る。ふるふると頭《かぶり》を振《ふ》っている。牛巻ではないらしい。

そもそも、声は丈二の腕の中から聞こえた。丈二はゆっくりと抱いている猫に目を向ける。

ぴょん！

猫が飛び出した。一回転をキメて床《ゆか》に着地する。

二本足でキレイに立っていた。

「ボクは『ケットシー』の『サブレ』ですにゃ」

猫が喋《しゃべ》った。丈二も牛巻もぽかんと口を開いて、サブレを見る。

ケットシーと言っていた。そんな種族は聞いたことがない。モンスターなのだろうか。

サブレは土下座をする。……いや、おでこを付けて寝《ね》ているようにも見える。

「お願いにゃ！　ケットシーを助けて欲《ほ》しいのにゃ！」

土下座で正解だった。丈二たちに助けてもらいたいらしい。

しかし、話を聞く前にやって欲しいことがある。

「とりあえず……元気ならその血を落としてもらえるか？」

「にゃ？　分かりましたにゃ！」

サブレと名乗った猫は血まみれだ。衛生的によろしくない。それに、ちょっとグロテスク。

普通の猫なら、とりあえず病院に行った。

だがサブレは、たぶんモンスター。本人も元気そうにしているし大丈夫なのだろう。

「あ、じゃあ私はお昼ご飯の準備しちゃいますね」

牛巻は台所に向かった。サブレは体力が落ちているだろうし、しっかりとご飯を食べてもらった方が良いだろう。

「ああ、よろしく」

丈二はサブレを風呂《ふろ》に案内する。そこにおはぎがやって来た。

「ぐるぅ？」

『だれ？』と、おはぎはクンクンと鼻を鳴らしながら、サブレに近づく。とりあえずの臭《にお》いチェックだ。

「にゃにゃ⁉ ドラゴンが居るとは凄《すご》いですにゃ！ しかも、どことなく神聖な感じがするにゃ」

サブレはおはぎに驚《おどろ》いている。ケットシーにとってもドラゴンは珍《めずら》しいものらしい。

それに、一つ気になることを言っていた。

「神聖？」

「なんとなく、そう感じるにゃ」

サブレも具体的には分からないらしい。

「まぁいいか。お風呂の入り方は分かるか？」

「水浴びみたいな感じにゃ？」

「そうだな」

サブレはお風呂の事も分かっているらしい。意外と人間社会を理解しているのだろうか。

日本語も流暢《りゅうちょう》に喋っている。

丈二はサブレと話しながら、シャワーを出す。

血は熱いお湯にかけると固まってしまうはず。ぬるま湯くらいに調整して、サブレにかけた。

「いやー、温かいお湯は良いもんですにゃー」

ある程度の血は流れていく。

だが、毛にくっついてダマになっているのもある。

そのへんは湯船に浸《つ》かって、ゆっくり落としてもらおう。丈二は桶《おけ》にお湯をためる。

おはぎの入浴の際に使っている、ペット用のものだ。

「これに浸かって、残りは落としてもらえるか?」

「分かりましたにゃ!」

サブレは湯船に浸かると、自分の毛をごしごしと洗う。少し時間がかかりそうだ。

丈二はお風呂に浸かってもらいながら、話をすることにした。

「サブレはどこから来たんだ?」

「ダンジョンですにゃ」

それはそうだろう。明らかにモンスターだ。

だが、サブレのようなモンスターは聞いたこともない。

「ケットシーって、俺は聞いたことがないんだけど」

「ボクたちはずっと隠《かく》れてたにゃ。ダンジョンの入り口を隠して、人間に見つからないようにしてたにゃ――」

幸いなことに、サブレたちのダンジョンはちょっとした山の中に出現したらしい。

周囲に魔法をかけて、ダンジョン自体が見つからないようにした。

だからケットシーは見つかっていない。

もしかすると、頭の良いモンスターは人間に見つからないように生活しているのかもしれない。

「ボクたちがダンジョンに来たのは、何年か前にゃ。気がついたら、一族の皆《みんな》で知らない森に居たのにゃ――」

その知らない森に転移した後。サブレたちは困惑《こんわく》しながらも周囲を探索《たんさく》。そこで明らかに異質な木を発見した。

ダンジョンの出入り口だ。

そこから外に出て、自分たちが住んでいたのとは全く異なる場所に来ていることを知ったらしい。

そして、サブレはダンジョンの外を調査する役割を買ってでた。

外に出たサブレは『猫』という自分たちにそっくりな生き物が居ることを知る。

そこで猫の真似《まね》をしながら、人間社会について調べていた。

「ケットシーで日本語を喋れるのは、ボクだけにゃ！」

サブレは自信満々にドヤ顔をする。実際に凄いことだと丈二は思う。

調査をしながら、言葉を学んだらしい。行動力があって、頭の良い猫だ。

普通は異国の地に行ったとして、一人で行動しようとは思わない。

ましてや、言葉を学ぶ余裕《よゆう》なんてないだろう。

「そんなボクに、族長から使命が与《あた》えられたのにゃ。外の世界から信用できる人を探して、ボクたちを助けてもらえるようにお願いしに来たのにゃ」

サブレは一転して暗い顔を見せる。嫌《いや》なことを思い出すように、顔をしかめる。

「だけど、外に出て少しして、変な人たちに捕《つか》まっちゃったのにゃ。その人たちにいじめられたにゃ」

子供たちが話していた不良だろう。ここぞという所で失敗してしまったと、サブレは嘆《なげ》いていた。

これで丈二と出会うまでの話は聞いた。

だが、肝心《かんじん》の部分が聞けていない。

「助けて欲しいって、どういうことだ？」

「おっと、伝え忘れてたのにゃ」

てへへっとサブレは頭をかく。

人間っぽい動作だ。これもどこかで学んだのだろうか。

「ボクたちのダンジョンには、他の種族も住んでいるのにゃ。コボルトたちにゃ」

コボルト。そう言われても、丈二はピンとこなかった。

なんとなく想像するのは、獣《けもの》っぽいゴブリン。

「犬に似てますにゃ。でも、犬よりもがっしりした人間っぽい体形ですにゃ」

二足歩行する犬。ちょっと人間寄り。そんな感じなのだろう。

「そいつらにいじめられてるのかい？」

「うーん……」

サブレは悩《なや》んでいる。いじめられているわけではないのだろうか。

「もともとは平和に暮らしてたんですにゃ。お互《たが》い過度に干渉《かんしょう》しないように約束してたんにゃ」

だけど、とサブレは続ける。

「ちょっと前から、コボルトたちがおかしくなったのですにゃ。凶暴《きょうぼう》になった感じですにゃ」

凶暴化。そう聞いて、丈二はナメクジのことを思い出した。またアイツらが原因なのだろうか。

「先輩、ご飯の準備ができましたよ」

「分かった、今行く」

サブレと話している途中《とちゅう》だったが、お昼ご飯の準備ができたらしい。

「サブレも食べるだろ？」

「頂きますにゃ！」

サブレは桶から出る。ぶるぶると体を震《ふる》わせようとした。

丈二はとっさにタオルでガード。

予想通り。びしゃびしゃと水しぶきが飛んだ。

「おっと、失礼しましたにゃ」

丈二はタオルを使って、サブレの体をふく。さらにドライヤーで乾《かわ》かした。

それから二人は居間へと向かった。すでに食事の準備がされている。

おはぎ、ぜんざい、寒天はご飯の前で待っていた。

「こんなに色んなモンスターが一緒《いっしょ》に居るなんて、初めて見ましたにゃ」

「……がう？」

『なんだソイツは？』と、ぜんざいが怪訝《けげん》な目でサブレを見た。

「彼《かれ》はサブレ。ついさっき来たお客さんです」

「がう」

『そうか』と、ぜんざいはすぐにご飯に向き直った。サブレよりもメシの方が気になるらしい。

ちなみに、今日のメインはカツオの竜田揚《たつたあ》げだ。

ぜんざいからすると、ケットシーは珍しい存在でもないのだろうか。

「さあ、サブレも座《すわ》ってくれ、一緒に食べよう」

「失礼しますにゃ」

サブレの分も用意されている。おはぎのすぐ隣《となり》だ。

みんなが席に着く。丈二と牛巻の『いただきます』の声を合図に食べ始める。

「人間の食事にはずっと興味があったのですにゃ。箸《はし》を使うのは初めてですにゃ」

サブレはワクワクするように箸を持つ。

パッと見は猫っぽい手だ。不器用そうに見えて細かく動くらしい。箸を使って、パクリと竜田揚げを食べた。

「美味《うま》いですにゃ！　サクサクですにゃ！」

サブレは感激の声を上げた。揚げ物は初体験らしい。サクサクした食感がたまらないと喜んでいる。

「作り方を教えて欲しいぐらいにゃ！」

「え、料理ができるのか？」

丈二は驚いた。だが、これだけ知能が高いのだから不思議でもないのだろうと思いなおす。

「先輩、この子をスカウトしましょう！」

牛巻がグイッと体を前に出す。

スカウトってなんだ。アイドルみたいな言い方だ。丈二はあきれる。

「ウチは芸能事務所じゃ――いや、似たようなものだけど」

芸能事務所じゃない。と言おうとした。

だが、実際には手懐《てなず》けたモンスターたちに動画に出演してもらって稼《かせ》いでいる。

似たようなものだった。

「……スカウトは違《ちが》うだろ。たぶん」

「動画に出てもらうためじゃないですよ？」

じゃあ、なんのためだろうか。丈二が首をかしげると。

「料理を手伝ってもらうのです！」

「料理？」

「この子たちのご飯を準備するの大変なんですよ⁉」

牛巻はおはぎたちを指さす。確かに、三匹ともよく食べる。ご飯を準備するだけでも大変だ。

主にぜんざい。

ぜんざいの皿には山盛りの食事が用意されていた。すでに、ほとんどが無くなっているが。

「このままじゃ、動画編集の時間が無くなっちゃいますよ！」

そもそも、牛巻には家事のために来てもらっているわけではない。

メインの業務は編集作業。出来上がった動画を見ると、簡単にできそうに見えるかもしれない。

だが、実際には編集作業は大変だ。そこそこの時間がかかる。

丈二も手伝っているが、やはり牛巻の方が上手《うま》いし早い。

そんな編集作業をしてもらいながら、家事もやってもらっている。

牛巻には頼《たよ》りすぎていた。丈二は反省する。

「確かに、牛巻に負担をかけすぎていたよ。申し訳ない」

「分かってもらえれば良いんです」

丈二は改めてサブレを見る。考えるとサブレに来てもらえたら、とてもありがたい。

牛巻を手伝ってもらいながら、手が空いたら動画の方に出演してもらえる。

普通に人を雇《やと》うよりも、メリットが大きい。

「ボクとしても嬉《うれ》しい話ですにゃ。丈二さんのところなら、たくさん人間社会について学べるにゃ」

色よい返事を貰《もら》えた。

しかし、すぐに丈二の家に来てもらうわけにはいかないだろう。

サブレには解決しなければならない問題が残っている。

「ただ、その前にケットシーを助けて欲しいのにゃ」

「助けて欲しいってなんですか？」

「ああ、サブレたちはさ――」

丈二は牛巻たちにサブレの話をする。

サブレたちが気づいたらダンジョンに居て、現在はコボルトたちに襲《おそ》われていることを。

「もしかすると、例のナメクジが関《かか》わっているのかもしれない」

サブレの話では、コボルトたちは急に凶暴化したらしい。そこで思いついたのがナメクジだ。

あいつらはモンスターを強化すると共に、凶暴化させる性質を持っていた。

丈二は寒天を見る。体の中にふよふよと食事を浮《う》かべて、ぼーっとしている。

今は大人しく、のんびりした雰囲気《ふんいき》の寒天だって、ナメクジに憑《つ》かれていた時は暴れていた。

寒天と同じように、コボルトも凶暴化しているのかもしれない。

「当たり前だけど、俺一人で解決できる問題じゃない。おはぎたちも手伝ってくれるか？」

丈二はおはぎたちを見る。最初に答えたのはぜんざいだった。

「がう」

『当然だ』と、ぜんざいは当たり前のように答えると食事に戻《もど》った。

ぷるんと震《ふる》えた寒天からも、手伝う意志が伝わってくる。

「ぐるぅ！」

『行こう！』と、おはぎはやる気に満ちた目で丈二を見ていた。

三匹とも手伝ってくれるようだ。とても頼《たの》もしい。

「ありがとうございますにゃ！　よろしくお願いしますにゃ！」

サブレはぺこぺこと頭を下げる。

その仕草は、なんとも日本人的だった。


ダンジョンに行くことを決めた丈二たち。だが、いきなり向かうわけにもいかない。

サブレは先ほどまで怪我をしていたため、体力を回復する時間も必要だ。

出発は明日の朝にするべきだろう。

そう決めた丈二たちは、今日のところはいつも通りに過ごすことにした。

おはぎたちの動画を撮影《さつえい》した後。午後三時ごろには、おやつを食べる時間にしている。

おはぎたちもそれを分かっている。

その時間帯になると、居間でおやつを待っていた。

「いやー、楽しみですにゃー」

サブレも同じように待っている。おはぎにおやつがもらえると、教えてもらったらしい。

その様子を見ていた丈二はふと思い出す。

「そういえば、アレが余ってたな」

丈二は台所の戸棚《とだな》を開ける。そこには透明《とうめい》な収納ボックス。おはぎたちのおやつがぎっしりと詰《つ》まっていた。

丈二は底の方をかき回して、目当てのおやつを探し当てる。

それは有名な猫用のおやつ。やたらと猫が食いつく、ペースト状のおやつだ。

おはぎが来たばかりのころに買っていたのだが、おはぎの好みからはズレていた。

そのため食べられることもなく底に沈《しず》んでいたのだ。だが、サブレなら気に入ってくれるかもしれない。

見た目的には、二足歩行の猫。味覚も一緒かもしれない。

丈二はおはぎたちにおやつを配る。

ちなみに、おはぎは肉っぽい味の物ならだいたい気に入ってくれる。

ぜんざいはジャーキー系。

寒天は炭酸ジュースが好きだ。頭からぶっかけると、しゅわしゅわと音を立てながら体に取り込《こ》んでいく。

サブレにも、封《ふう》を切ったおやつを渡した。

「サブレはこれを食べてみてくれ、猫が好きなおやつなんだよ」

「にゃるほど」

サブレは両手で袋《ふくろ》を持つ。にゅるっとペースト状のおやつがはみ出た。

ぺろりとそれを舐《な》めると、ハッと目を見開いた。

まるで全《すべ》てを理解したような顔だ。

背景に宇宙と数式が流れているのが見えてくる。ずいぶんと感激しているらしい。

砂漠《さばく》で干からびそうになっている時に水を見つけても、ここまでの感動はできないだろう。

「……ここが、理想郷《アルカディア》」

どこでそんな単語を覚えてきたのか。丈二は思わず突《つ》っ込みたくなる。ともかく気に入ってくれたらしい。

大切そうに、ぺろり、ぺろりと舐めていく。

そして食べ終わった後には、手を合わせて何かに祈《いの》っていた。

「世界樹様、この出会いに感謝しますにゃ」

その後に、丈二に深々と頭を下げた。

「丈二さん、とても美味《おい》しかったにゃ。ありがとうございますにゃ。そして、お願いがありますにゃ。この感動を仲間たちにも分けてあげたいのにゃ」

「ああ、うん、余ってるから持っていくよ」

彼らにとっては、そこまで美味しいものなのか。丈二はおやつの袋を見つめる。

「……そんなに美味しいの？」

「生きている意味を感じたにゃ」

一昔前に噂《うわさ》があった。

このおやつには、なにかヤバい物が入っているのではないか。

そこまでいかなくても、マタタビが入ってる、塩分過多、健康に悪い。そんな噂が流れていた。

だが実際にはおかしな物は入っていないし、特別健康に悪い物ではないらしい。

もちろん、あげすぎは問題だが。

しかし、ここまで食いついているのを見ると、なにか特別な秘密があるのではないかと勘繰《かんぐ》ってしまう気持ちも分かる。

「まぁ、喜んでもらえるなら良いか。追加で買っておこう」

サブレの話によると、ダンジョンにはそこそこの数のケットシーが居るらしい。

ちょっとした村ができているとか。

せっかく彼らを訪問するなら、手土産《てみやげ》として持って行ってあげよう。

◇◆◇◆◇

次の日。

丈二たちはダンジョンに向かうことにした。サブレたちケットシーが暮らしているダンジョンだ。

ぜんざいの背中に乗り込んだ丈二たち。

いつものように寒天が馬具になって、おはぎとサブレのための座席も用意してくれた。

サブレの案内に従って、ぜんざいは走る。暖かい春風が気持ちいい。

ぜんざいの上で、丈二たちはのんびりと話していた。

「え、サブレは電車に乗って来たのか？」

「そうですにゃ」

なんと、サブレはそこそこ遠くからやって来ていた。

ものすごく遠いわけではない。だが、歩いて行こうとは思わない距離《きょり》だ。

「モンスターを、たくさん飼っている人が居るって噂で聞いたのにゃ」

サブレはケットシーを助けてくれる人を探して、ダンジョンから出た。

その後、最初にしたことが情報収集。

だが、サブレはスマホなどは使えない。駅前の喫煙所《きつえんじょ》に張り込んで会話を聞いていたらしい。

その中で丈二の話が出ていた。

「丈二さんの近所に住んでいる人が居たのにゃ。その人に付いて電車に乗ったのにゃ」

上手いこと電車に乗り込んだらしい。

その後、丈二の家の近くまでやって来たものの、具体的な場所は分からない。

いったい、どこに住んでいるのか。さまよっているうちに、不良たちに捕まってしまったらしい。

「そもそも、なんでサブレを捕まえたんだ?」

「分かりませんにゃ。でも、スマホで撮影されてましたにゃ。バズりがなんとかって言ってましたにゃ」

撮影にバズり。その単語から予想されるのは、SNSや動画投稿《とうこう》だ。

「もしかして、炎上系《えんじょうけい》の動画投稿でもしようとしたのか……」

最近はおはぎの影響《えいきょう》もあってか、モンスター系の動画投稿が流行《はや》ってきている。

モンスターを手懐けていたが、動画投稿などはしていなかった人が始めているのだろう。

それと共に、動物系のカテゴリの注目度が上がった。……と丈二は牛巻から聞いた。

その流行《はや》りに便乗して、猫の虐待《ぎゃくたい》動画でも上げようとしたのかもしれない。

流行りのカテゴリに、ショッキングな動画。投稿すれば、よく燃えるだろう。

動物の虐待動画なんて、ガソリンよりも燃えやすい。またたく間に炎上は広がり、たくさんの人に注目される。

どうして、そんなことをしたかったのかは分からない。当人たちに聞くしかないだろう。

承認欲求を満たすのが目的だったのか。

あるいは、ともかく注目を集めて、投稿したアカウントの登録者を増やし、そのアカウントを販《はん》売《ばい》しようとしたのか。

どちらにしても、ゲスな考えだ。そんなことを話していると、サブレが腕を上げた。

「あ、あそこですにゃ！」

サブレが指さしたのは、ちょっとした山だ。わさわさと木が生えている。その中に大きなビルが建っていた。

そこは、この辺りでは有名な心霊《しんれい》スポット。

景気が良かったころに建てられたホテルだったが、不景気と共に廃《すた》れていき、何年も前に廃業《はいぎょう》した。

「え、あの辺にあるのか？」

丈二の顔が引きつった。丈二は幽霊《ゆうれい》なんて信じていない。心霊スポットだって、怖くないと思っていた。

だが、間近で見ると雰囲気がある。廃ホテルの周囲だけ空気がどんよりしている。近づいた人を飲み込もうとしているようだ。

あまり近づきたいとは思わない。

「あそこから、ちょっと離《はな》れた所ですにゃ」

「……そうか。は、早く行こうか」

丈二の年になって、『幽霊が怖いので行けません』とも言えない。

別にあの廃墟《はいきょ》に用事があるわけでもない。明るいうちに通り過ぎてしまえば、なにも問題ない。


ぜんざいが山のふもとまで近づく。

幸いなことに、ホテルへの道はコンクリートで舗装《ほそう》されている。ほとんど使われていないせいで、うっすらと土で汚《よご》れているが。

廃ホテルまではぜんざいに乗って行けるだろう。

その道をぜんざいが進もうとしたとき、おばあさんが近づいてきた。

がっくりと腰《こし》が曲がっている。杖《つえ》を突いた老人だ。ふらふらと歩いているが、その目線は丈二に向いている。

「あんた、あのホテルに行くのかい？」

話しかけてきた。ぎぃぎぃと家鳴りのような、震えた低い声だ。少し不気味な感じがする。

「そうですけど……」

「止《や》めといた方が良い。あそこは本当に出るからね」

「出るって……何がですか？」

「鬼《おに》だよ」

まさかの返答だった。

丈二はてっきり幽霊の類《たぐ》いが出るのだと思っていた。鬼と言われると、心霊というよりも昔話のような感じがする。

「夜中になるとね。ちっこい餓鬼《がき》どもが走り回ってるんだ。この間も、若いアベックが襲われたんだよ」

アベックってなんだ。丈二は聞いたことのない単語だ。

ともかく若者が襲われたらしい。

だが、傷害事件があったような話は知らない。

何者かに怪我を負わされていたら、騒《さわ》ぎになっているはず。襲われたと言っても、驚かされたとかその程度だろうか。

老婆《ろうば》はぜんざいを見る。ヒヒヒっと笑った。

「頼もしい用心棒を連れてるみたいだけど、モノノケの類いにゃ意味がないんじゃないかい。悪いことは言わないから、さっさと帰ることだね」

そして老婆はふらふらと来た道を戻っていった。

なんというか、雰囲気のある人だった。彼女《かのじょ》こそ妖怪《ようかい》なのではないだろうか。

「……冗談《じょうだん》だよな？」

丈二はサブレを見る。きょとんと首をかしげていた。

「夜に歩いたこともありますけど、鬼なんて見たことありませんにゃ」

サブレが言うのなら大丈夫なのだろう。この辺りの事は詳《くわ》しいはずなのだから。

もしかすると、老婆にからかわれたのかもしれない。

「とりあえず行ってみるか」


丈二たちは廃ホテルの敷地《しきち》を歩いていた。目の前には大きな建物。

複雑な造形から見るに、結構な金額をかけて建てられたのだろう。

開業当初は、そこそこお客も入っていたらしい。だが、もはやかつての栄光は感じられない。

割れた窓に、黒い染《し》みで汚れた壁《かべ》、ところどころに落書き、屋内にもガレキが散らばっている。

今では薄汚《うすよご》れた粗大《そだい》ゴミみたいなものだ。

こんなところに用事は無い。さっさと通り過ぎようとしたのだが。

ぜんざいが足を止める。なにやら、周囲をぐるりと見回していた。

「がう」

『見られている』そう言って、目を細めた。周囲を警戒《けいかい》しているようだ。

そう言われると、廃墟の暗闇《くらやみ》の奥《おく》に、なにかが潜《ひそ》んでいるような気がしてくる。

止めて欲しい。ちょっと怖くなってくる。

丈二は先ほどの老婆の言葉を思い出す。この廃ホテルには鬼が出るらしい。そんなのは冗談だ。

からかわれたのだ。

そう自分を説得していたが、ぜんざいが冗談を言っているとも思えない。本当に、何かしらが潜んでいるのかもしれない。

カランカラン‼

空き瓶《びん》でも蹴飛《けと》ばしたような音が響《ひび》いた。バッとそちらを向く。薄暗い廃墟の奥で、なにかが通り過ぎたような気がする。

「……確認《かくにん》するか」

本当は確認する必要性なんてない。

通り過ぎた『何か』が、野生動物でも、廃墟を見に来た観光客でも、本当に鬼だったとしても、丈二には関係ない。

だが、それはそれとして気になってしまう。

なんてことない正体を確認して、『なんだ、こんなものが正体だったのか』と安心したいのだ。

ゆっくりと丈二は廃ホテルに近づく。

音のした場所。かつてはホテルのラウンジだったであろう場所に入っていく。

ぜんざいたちは外で待っている。

大して距離があるわけでもないし、ぜんざいが中に入るには体を小さくしなければならない。

一緒に行かなくても問題ないと判断したのだろう。

暗闇の中に目をこらす。薄汚れた床、散乱したゴミ、埃《ほこり》まみれのソファー。

特におかしなところはないが。

「何してんだ、お前」

「どぅわぁぁ⁉」

右の方から声をかけられた。叫《さけ》び声を上げながら振り向く。

そちらの方に通路があったらしい。懐中《かいちゅう》電灯とスマホを構えた男が歩いてきた。

ガラの悪い男だ。

染め上げた金髪《きんぱつ》に、ヒョウ柄《がら》の服。手首にはジャラジャラとアクセサリーを着けている。不良の鑑《かがみ》みたいな格好だ。

どこかで聞いたことがある。廃墟で一番怖いのは、そこでたむろしている不良に出会うことだと。

人目が無いことを理由に、廃墟で悪さをしている場合があるらしい。

「いや、何でもないです。失礼します」

さっさと離れよう。面倒事《めんどうごと》には巻き込まれたくない。丈二は廃墟から出ようとしたのだが。

「誰《だれ》だ、こいつ」

丈二が入って来た方に別の男たちが居た。同じようにガラが悪い。

囲まれてしまった。

気まずい。やたらジロジロと顔を見られている。どうして無駄《むだ》に敵対的な、鋭《するど》い目を向けてくるのだろうか。

「いや待てよ。どっかで見たような……」

「なに、知り合い？」

「違うはずだけど……あぁ！　ほら、動画で見たんだよ。ドラゴンのやつ！」

「確かに！　見たことあるわ！」

どうやら、丈二の動画を見たことがあるらしい。男たちはキャッキャと騒ぎ出した。

「うぉー、有名人じゃん」

「てことは、やっぱ、あの噂本当だったんじゃね⁉」

「確かに！」

『あの噂』とはなんだろうか。丈二はサブレの頼みで来ているだけ。噂の事など知らない。

「おっさんも、廃墟に出てくるモンスターを探しに来たんだろ？」

廃墟に出てくるモンスター。

老婆は鬼が出ると言っていた。だが、実際に出るのはモンスターなのだろう。

そして、この近くにはケットシーが住んでいるダンジョンがあるはず。

そこから出てきたケットシーかコボルトたちが鬼の正体。

「そうですよ。モンスターを探しに来たんです」

実際はサブレの依頼《いらい》によってコボルトたちをなんとかしに来たのだが、正直に言う理由もない。

適当にごまかしておけば良いだろう。

それよりも、不良たちが面倒だ。コボルトやケットシーに気づかれたくない。

この辺りに居るのがただのモンスターではなく、知能の高いモンスターだと知られると騒ぎになるだろう。

彼らを追い払《はら》うか、面倒なことを知られる前に事態を解決したい。

「なぁ、おっさん。俺たちとコラボしてくれね？」

「……は？」

などと考えていたら予想外の提案をされてしまった。

コラボと言われても、そもそも彼らは動画投稿者《とうこうしゃ》なのだろうか。

「俺らさぁ、動画投稿して一発当てようと思ってんのよ。ちまちまバイトするとかめんどくせぇじゃん？」

これから始めようと思っているらしい。

理由はお金稼ぎ。

だが、動画投稿なんて、そうそう儲《もう》かる物でもない。月数万儲かるのだって、上澄《うわず》みのほう。

ほとんどの人は趣味《しゅみ》の延長線。運が良ければお金になる程度だ。

「でも、なかなか数字上がんなくてさ。有名人とコラボすれば簡単じゃん？」

有名人と繋《つな》がりがあるならば、それが一番簡単だろう。安定して数字を稼げるかは、動画のクオリティ次第《しだい》だが。

まぁ、彼らにどんな理由があろうとも、丈二にコラボをする気はない。

今はサブレたちのために来ている。ケットシーたちの平穏《へいおん》な生活を守るためにも、下手に目立つべきじゃない。

「悪いんですけど、それは無理ですね」

「は？　いや、ノリ悪いこと言うなよ」

ずいっと男が近づいてきた。それから逃《に》げるように丈二は後ずさる。

ドンッと後ろに居た別の男にぶつかる。囲まれているのだった。逃げ場がない。

彼らも丈二が賛同するまで、逃がすつもりはないようだ。

「コラボするよな？」

「いや、無理ですから」

「ふざけ――‼」

男が腕を振り上げる。まさか暴力に訴《うった》える気か。

丈二はとっさにバリアを張ろうとしたのだが、その必要はなかった。

「ガルルルルゥゥゥ‼」

「ふぁ⁉」

廃墟の入り口の方から、エンジン音のような低い音が響いた。

不良たちが驚きの声を上げる。

振り向けば、ぜんざいが入り口に顔を突っ込んでいた。体は大きすぎて入れていないが。歯をむき出しにして、ガルガルと威嚇《いかく》している。

凄い迫力《はくりょく》だ。本能が危険を知らせてくる。

「ど、動画に出てたデカい狼《おおかみ》だ……」

「な、なんだよ。やんのか⁉」

不良たちもたじろいでいる。だが、まだ煽《あお》る余裕があるらしい。

ぜんざいが入ってこれないと思っているのだろう。

ベキベキベキ‼

ぜんざいが顔を突っ込んでいる入り口。その周りの壁に亀裂《きれつ》が入る。無理やり入ろうとしているのだ。

「やべぇ‼」

「おい、待てよ⁉」

とっさに一人が逃げ出す。ぜんざいから離れるように、廃墟の奥へと走る。

それを追いかけるように、残りの二人も走り去った。

見事な逃げ足だ。あっという間に姿が見えなくなってしまった。

「ぜんざいさん、ありがとうございます」

お礼を言うと、ぜんざいはスッと牙《きば》を収めた。

「がう」

『しっかりしろ』と、ぜんざいに怒《おこ》られてしまった。あれくらいは一人で追い払えと言いたいのだろう。

脅迫《きょうはく》じみた行動をとられた時点で、もう少し強気に言い返した方が良かっただろうか。丈二は反省する。

「荒事《あらごと》は苦手で……」

などと話していると、ぜんざいの足元からサブレが顔を出した。

ぜんざいの大きな足に隠れるようにひょっこりと。なにやら怯《おび》えているようだ。ふるふると震えている。

「どうかしたのか？」

「あの人たち……」

先ほどの不良たちのことだろう。彼らがどうかしたのか。

サブレは震えた声で続けた。

「ボクをいじめてきた人たちですにゃ」

サブレは不良たちにいじめられていたところを、子供たちに助けられていたはずだ。野球ボールを投げつけられていたらしい。

丈二のもとに連れてこられた時には、体中にあざができていた。それをやったのが、先ほどの不良たち。

そういえば、サブレはいじめられている時にスマホを向けられていたと言っていた。

先ほどの彼らもスマホを構えていた。撮影していたのだろう。

やはりサブレをいじめたのも動画のため。しかし、サブレには逃げられてしまった。

他の動画のネタとして、この廃墟に出現するモンスターらしきものに目を付けたのかもしれない。

「そうか……この廃墟に出るモンスターっていうのには心当たりはあるか？」

サブレに、先ほどの不良たちが言っていたことを聞く。

サブレなら何か分かるかもしれない。

「コボルトかもしれないにゃ。ケットシーはあんまりダンジョンの外に出ないようにしているはずにゃ」

サブレもコボルトたちだと思うらしい。やはり早めに事態を解決する必要がありそうだ。

先ほどの彼らにコボルトが見つかったら、ろくなことにならないだろう。

動画のために猫をいじめるような奴《やつ》らだ。コボルトを見つけたら、なにをしでかすか分からない。

だが、コボルトたちが具体的にドコに居るのか分からない。

廃墟に隠れているのか。あるいは普段は森の中に隠れて、ときどき廃墟の方まで来ているのか。

「とりあえず、ダンジョンに向かおうか。ケットシーたちに話を聞こう。サブレが出てきた時とは状況《じょうきょう》が変わってるかもしれない」

「分かりましたにゃ」

今は情報が欲しい。あてになるのはケットシーくらいだろう。

丈二たちはダンジョンに向かうことにした。

丈二たちは廃墟の横を通り過ぎて、森の中へと入っていく。サブレが先導して獣道《けものみち》に入っていく。

かろうじて道になっているような場所だ。

ずんずんと進んで行くと、サブレは一本の木の前で止まった。

ダンジョンの木とは違う。

透明な結晶《けっしょう》で作られたようなものじゃない。なんてことない普通の木に見える。

「ここですにゃ」

サブレが木に触《ふ》れると、ふっと消えてしまった。どうやら本当にダンジョンの入り口らしい。

確か、サブレは魔法をかけて入り口を隠していると言っていた。

普通の木に似せてカムフラージュしているのだろう。見事に景色に紛《まぎ》れている。

丈二も木に触れる。一瞬《いっしゅん》で視界に変化が起こる。出た場所は木で作られた小さな部屋だった。

「他のモンスターが外に出ないようにしてるんですにゃ」

ケットシーが作った部屋なのだろう。

モンスターが外に出て、それが見つかったら騒ぎになる。

そうなるとモンスターが出てきたダンジョンが捜索《そうさく》されてしまう。

そういった事態を防ぐために、入り口の周りを囲って対策をしたのだろう。

サブレがドアを開けて外に出る。丈二もそれを追いかけて、外を覗《のぞ》いた。

そこは密林だった。

太く高い木が天に伸《の》びている。空は枝葉でおおわれていた。かろうじて隙間《すきま》から入ってくる光が、うっすらと視界を照らしている。

「ジャングルって感じだなぁ。迷わないように気を付けないと」

丈二に続いて、おはぎ、ぜんざい、寒天たちも入ってくる。

サブレは全員が入って来たことを確認すると声を上げた。

「ケットシーの村はこっちですにゃ」

丈二たちはサブレに続く。足元が悪くて歩きづらい。

根っこが生えてボコボコして、湿気《しっけ》が多いのか少しぬかるんでいる。

サブレやぜんざいはひょいひょいと歩いている。野生の経験が長い二匹にはなんてことないのだろう。

おはぎはパタパタと翼《つばさ》を動かして飛んでいた。何とも羨《うらや》ましい。

「歩くだけでも大変だな……ん？」

なにか足元に引っかかった気がした。ツルか何かが伸びていたのだろうか。

そう思った瞬間。

「どぅわぁ⁉」

ギュッと足元が縛《しば》られる。

グイッと足元から持ち上げられて、宙づりになってしまう。一メートルほど下に地面が見える。

冒険《ぼうけん》映画なんかで、原住民が仕掛《しか》けているような罠《わな》だ。

まさか、自分がかかる日が来るとは、丈二も思っていなかった。

「ぐるぅ？」

『だいじょうぶ？』と、おはぎがパタパタと近づいてくる。

逆さになったおはぎの顔が目の前に。いや、逆さになっているのは丈二だ。

「アオォォン‼」

遠吠《とおぼ》えが聞こえた。とっさにぜんざいを見たが違う。

ザザッと草をかき分けて、木々の隙間から影《かげ》が飛び出した。出てきたのは二足歩行をする犬のようなモンスター。

アレがコボルトなのだろう。

それが五匹ほど。手に持った石槍《いしやり》を丈二たちに突き付けている。ナメクジによって凶暴化している感じはしない。

あくまでも理性的に見える。凶暴化していないコボルトなのだろうか。

しかし、歓迎《かんげい》はされていないらしい。

「――――！」

サブレが何やら叫んでいた。

鳴き声とは違う。外国語みたいな感じだ。

なにかしら意味のある言語のように聞こえるが、具体的に何を言っているのかは分からない。

サブレが必死に話している。

だが、コボルトたちの態度は変わらない。警戒した目で丈二たちを睨みつけている。

しかし、コボルトたちの中でも大きな個体がサブレの前に進み出た。

「――」

「――――」

なにか話している。

しばらく二人が言い合ったあと、大きなコボルトは丈二に近づいてきた。

「にんげん、コボルト、救う?」

カタコトだが、こちらの言葉が分かるらしい。

「そのつもりだ。だから下ろしてもらえないか?」

そろそろ限界だ。丈二はずっと逆さ吊《づ》りにされている。気持ち悪くなってきた。

コボルトは石槍を構えると、ビュッと投げた。

足を縛り付けていたヒモが切られる。

しかし、いきなり落とされるとは思っていなかった。

突然《とつぜん》の浮遊《ふゆう》感。頭から落っこちそうになる。

「いや、これ死――!!」

ボヨン!!

寒天が受け止めてくれた。

「あ、ありがとう」

危《あや》うく死にかけるところだった。下ろすときにはひと声かけて欲しかった。

「にんげん、信じられない。問題起きたら、ケットシーのせい」

「それで良いにゃ」

残念ながら、コボルトたちには信用してもらえなかったらしい。

しかしこの場は見逃《みのが》してもらえるようだ。コボルトたちは離れていく。

「……彼らは？」

「まだ話が通じてるコボルトたちですにゃ。彼らみたいなのは、あんまり多くないにゃ」

まだ凶暴化していないコボルトたちらしい。できるならば、彼らからも話を聞きたい。

しかし今すぐは無理だろう。

なにかしら信頼《しんらい》してもらえるきっかけを作らなければならない。

「今はケットシーの村に行こうか」

丈二たちは再び歩き始めた。しばらく歩いた後。

サブレが立ち止まって指さした。

「あそこがボクたちの村ですにゃ！」

「……え？」

しかし、そこには何もない。伸びきった草しか見えない。

「上ですにゃ」

「上？　おぉ⁉」

丈二は木の幹を伝うように見上げる。

そこに村があった。

小さなツリーハウスと、小さな橋で作られた村。ケットシーサイズのツリーハウスは、大きめの犬小屋のように見える。

怪獣《かいじゅう》映画なんかで使われるミニチュアの街みたいだ。

そこを十匹ほどのケットシーたちが、ウロウロと動き回っている。

「ケットシーは木の上に住んでるのか」

「そうですにゃ。ボクたちは木登りが得意なんですにゃ！」

サブレはドヤッと胸を張る。

確かに、木の上で動き回るケットシーたちを見ると安定感がある。樹上の暮らしに慣れているのだろう。

丈二は、あそこまで登れる気もしない。

村の様子を見る感じ、木工も得意そうだ。ツリーハウスや、木の間を繋ぐ吊《つ》り橋も安定している。

「木の上で暮らしてるおかげで、凶暴になったコボルトにもそんなには襲われないにゃ。コボルトたちは木登りが苦手にゃ」

サブレの話を聞く限りでは、ケットシーで凶暴化した者はいない。

ナメクジによる凶暴化だと仮定すると、コボルトとの生活圏《けん》の違いのおかげでケットシーたちはナメクジに憑かれていないのかもしれない。

「————‼」

サブレが何か叫んだ。

木の上のケットシーたちに手を振っている。

ケットシーたちはそれに気づくと、手を振り返していた。

にゃーにゃーと何か言っている。猫の合唱のようだ。

なにを言っているのかは分からないが、悪い雰囲気ではない。歓迎されているようだ。

「それじゃあ、長老の所に行くにゃ！」

「分かった」

村の下を進む。

木の上に少し大きめの建物が見えた。あれが長老の家らしい。

「丈二さん、登れるにゃ？」

「いや、厳しいかなぁ……」

長老の家が建っている巨木《きょぼく》。

それには多少の凸凹《でこぼこ》はあるが、登って行ける感じはしない。

丈二は試《ため》しに足を引っかけてみるがツルリと滑《すべ》ってしまう。

これは無理だろう。

どうやって長老の元に行くか、丈二は途方に暮れてしまう。そこに、ズルズルと寒天が近づいてきた。

「どうした？」

寒天はその体を変形させて、丈二の体にまとわりつく。そしてタコの足のように、体を伸ばした。

べたりと伸ばした体を木に張り付けて、丈二の体を持ち上げる。

「おぉ⁉」

ぺたぺたとそれを繰《く》り返す。丈二の体はずんずんと木の上へと登っていく。

おはぎは丈二の頭の上に乗った。ついでに連れて行ってもらうつもりらしい。

ぜんざいはお留守番だ。

「ぐるぅ」

木の下から丈二たちを見上げている。

ぜんざいなら登ろうと思えば登れそうな気もする。

だが登る様子もなく後ろ足で頭をかいている。わざわざ上がる気もないのだろう。

建物の入り口まで登り切る。特に扉《とびら》もなく、中が丸見えだ。

ケットシーの建物は、丈二が入れるほど大きくない。外から中を覗く。

建物の中央に猫が座っていた。お腹を地面につけた香箱座《こうばこずわ》りだ。眠《ねむ》たそうに目をしょぼしょぼさせている。

ゴワゴワとした毛並みから、結構なお年を召《め》しているだろうと分かる。あれが長老なのだろう。

「――――!」

丈二たちを追いかけてサブレが登って来た。サブレは長老に駆《か》け寄ると、なにか話している。

長老は……話を聞いているのだろうか。

微動《びどう》だにしない。実は寝てるんじゃないだろうか。

丈二がそう思ってしまうほど、リアクションが全く無い。

「うにゃん」

なんてことを考えていたら、長老が口を開いた。うにゃうにゃと話している。

当然のように未知の言語。

だが日本語を喋っていても理解はできなそうだ。

そう思ってしまうほど、ゆっくりもごもごと話している。やはり半分寝てるんじゃないだろうか。

「長老は歓迎してくれているにゃ。協力できることなら、なんでも言って欲しいと言っているにゃ」

「ありがとう。それじゃあ、いくつか質問させて欲しいんだが――」

丈二はサブレを通して、長老に質問を投げかける。

『コボルトたちが凶暴化している理由は分かるか？』

残念ながら、長老も分からない。あるころから突然、おかしくなったコボルトたちが出始めたらしい。

『凶暴化したコボルトたちはどうしているのか？』

どうやら、元の群れから離れているらしい。もっとも、もはや凶暴化したコボルトの方が多いようだが。

その後ドコに行ったかは分からない。しかしダンジョン内で見かけることは少ない。

『凶暴化したコボルトたちは、完全に理性が無いのか？』

多少は話ができるらしい。しかし常に興奮状態にあり、まともな行動はできていない。

どうやら、かろうじて残った理性を使って群れから離れたらしい。正常な仲間たちを傷つけないために。

それに凶暴化した仲間は傷つけないらしい。襲うのは正常なコボルトやケットシーたち。

『正常なコボルトたちとは話せないのか？』

彼らは仲間がどんどん凶暴化していくせいで、不安定になっている。

ケットシーとも冷静な話し合いはしてくれない。


「うーん、長老さんでも分からないことが多いか……」

できれば、凶暴化したコボルトたちの巣を知りたかった。

凶暴化したコボルトは、そこそこの数いるらしい。それを一匹ずつ何とかするのは大変だ。

彼らがどこにいるのか分かれば、一網打尽《いちもうだじん》にできる。

だが、長老いわく、ダンジョン内で見かけることは少ないらしい。ダンジョンの外に飛び出しているのかもしれない。

となると怪《あや》しいのは廃ホテルなのだが、不良たちが探しても見つけられていないようだった。

上手いこと隠れているのだろう。

やはり、正常なコボルトたちから話を聞きたい。彼ら自身の方が、コボルトの生態に詳しい。

どこに隠れているのか、どうやったらおびき出せるのか分かるはずだ。

なんとかコボルトに接触《せっしょく》したいのだが……ケットシーともまともに話してくれないらしい。

完全によそ者である丈二と話してくれるだろうか。

先ほど会ったときには、ずいぶんと警戒されていたが。

「ちなみに、コボルトたちの住処《すみか》は分かるのか？」

「分かりますにゃ」

とりあえず会うことはできる。あとは何とかして、話ができるくらいには仲良くなりたいのだが。

きっかけが思いつかない。

どうしたものかと、丈二が唸《うな》っていると。

「にゃにゃにゃ！」

慌《あわ》てた様子のケットシーが走って来た。長老に向かって何か話している。サブレが翻訳《ほんやく》してくれた。

「子供のコボルトが、一匹でダンジョンの外に出たのを見たらしいにゃ。追いかけようとしたけど逃げられちゃったみたいにゃ」

◇　◆　◇　◆　◇

丈二たちはダンジョンの外に出ていた。

ダンジョンから飛び出したらしい、子供のコボルトを追うためだ。

なぜ幼いコボルトが一匹で出て行ってしまったのかは分からない。

だがケットシーの長老いわく、明らかにおかしな状況ではあるらしい。

ケットシーからコボルトに話を伝えに行っている。

だが、なにかが起こる前に子供を確保するため、丈二たちは先に探しに来ていた。

「ぜんざいさん、分かりますか？」

ぜんざいはクンクンと地面を嗅《か》ぐ。コボルトの臭いを追いかけるためだ。

今はぜんざいの鼻だけが頼り。

なんとか見つけてもらえると良いのだが。

「ばう」

『こっちだ』、ぜんざいは足を動かし始めた。

向かう方向は獣道。丈二たちが通って来た、廃墟へと続く道だ。

獣道を抜《ぬ》けて、廃墟の近くへ。

ぜんざいの足は廃ホテルへと向いている。この中だろうか。

丈二たちが廃ホテルへ足を踏《ふ》み入れようとすると。

「きゃうん⁉」

犬のような痛々しい悲鳴が聞こえた。それに続けて怒声《どせい》が響く。

「大人しく付いてこいや‼」

まずい。不良たちにコボルトが見つかってしまったようだ。

丈二は走り出す。おはぎたちも続いた。階段を駆け上がり、二階の廊下《ろうか》へと飛び出す。

薄暗い廊下。そこにはうずくまって怯えている子犬。

いや、よく見ればそれは人に似た体形をしている。あれが子供のコボルトだろう。

そして、コボルトをイラついたように睨んでいる不良たちが居た。

不良の一人が足を振り上げる。

ゴッ！

鈍《にぶ》い音を立てながら、コボルトを蹴飛ばした。

まだ小さいコボルトは、ごろごろと地面を転がった。

「何やってんだ‼」

丈二はコボルトと不良の間に割って入った。状況から見て、不良たちがコボルトを襲っていたのだろう。

不良たちから見れば、突然現れた丈二。うっとうしそうに睨んでくる。

「あぁ⁉　なに邪魔《じゃま》して――うっ」

しかし、丈二の後ろからやって来たぜんざいを見て怯《ひる》んでいた。先ほどの脅《おど》しがトラウマになっているのかもしれない。

だが、彼らなりのプライドがあるのだろうか。不良たちは震えを押《お》し殺すようにして、丈二にメンチを切る。

「邪魔すんなよおっさん。そいつは俺たちが先に見つけたんだ」

「こんな風にいじめることはないだろう。この子がお前たちに何かしたのか？」

「はぁ？」

不良たちはバカにしたようにニヤついた。

「野生のモンスターは普通に殺すだろ。なにが悪いんだよ」

確かに、ダンジョンの外に出てきたモンスターは駆除《くじょ》対象だ。なぜなら人間の脅威《きょうい》だから。

通常の犬猫と違って、動物愛護に関する法律も通用しない。

「それでも、無駄に痛めつけることが良いとは言えないな」

しかし、モンスターを必要以上に痛めつけることが推奨《すいしょう》されているわけでもない。

「それに、君たちは探索者登録をしているのか？　未登録者のモンスター討伐《とうばつ》は禁止されているぞ」

探索者には、モンスターを狩《か》る権利が付与《ふよ》されている。

それには税金だってかかるため、未登録者の討伐は原則として禁止されている。

探索者登録なんて、役所やスマホで誰でもできる。

だが、目の前の不良たちは真面目《まじめ》に登録をしているような感じでもない。未登録かもしれないとつついてみたのだが。

「は？　そんなん知らねぇし」

どうやら図星だったらしい。法に触れることは知らなかったのか、焦《あせ》ったように目をそらした。

「モンスターに襲われるなど、緊急避難《きんきゅうひなん》が適用される場合もあるけど、今は探索者である俺が居る。君たちは大人しく下がっていろ」

最初に彼らに会ったときは、下手に出たせいでぜんざいの手を煩《わずら》わせた。その反省を活《い》かして、今度は強気に出てみたのだが。

「っち！　うるせぇよ！」

通用しなかったらしい。

不良たちは肩《かた》と首を動かす。どことなく、鳩《はと》が歩いている時の動きに似ている。

肩こりかな？

いや、彼らなりの威嚇のつもりなのだろう。ずんずんと丈二に近づいて来たのだが。

ドカン!!

丈二と不良たちの間。その天井《てんじょう》がガラガラと崩《くず》れた。

「な、なんだ!?」

丈二が土煙《つちけむり》に目をこらすと、そこに影が見えた。

煙がはれるとコボルトが立っていた。しかし、先ほど出会ったコボルトたちよりも体格が良い。

全身から筋肉が浮き出ている。筋肉もりもりのわんちゃんだ。

「ガルァァァァァ!!」

筋肉コボルトは狂《くる》ったように雄《お》たけびを上げる。

歯をむき出しにした口。その端《はし》からよだれが垂れ出る。ギョロリと見開いた眼《め》は焦点《しょうてん》が合っていない。

明らかに異常だ。こいつが凶暴化したコボルト。その一匹なのだろう。

筋肉コボルトは不良たちに顔を向ける。

「ひぃ!?」

ズドン!!

コボルトが腕を振るった。不良の一人。その腹に向かって。見事すぎる腹パンだった。

不良は勢いよく吹《ふ》っ飛ぶ。

ダン‼

壁に叩《たた》きつけられると、ゲホゲホと苦しそうにしている。

「だ、大丈夫か⁉」

他の二人の不良たちは駆け寄ると、肩を貸して逃げて行く。

しかし、彼らに構っている余裕もない。

「ガルァ‼」

筋肉コボルトは勢いよく首を動かす。首を痛めそうなほどだ。見開いた眼で丈二を見た。

どうやら、標的を丈二に変えたらしい。

「回復魔法を試してみるか」

この異常な様子がナメクジのせいならば、おはぎの魔力に反応して苦しむはずだ。

そしておはぎと繋がりのできている丈二の回復魔法にも反応するはず。

丈二は筋肉コボルトに向かって回復魔法を放つ。

「ガルゥゥ⁉」

苦しそうにしている。

ぼこぼこと、コボルトの肌《はだ》の表面で何かがうごめいた。

やはりナメクジだろう。このまま続ければ、ナメクジを倒《たお》せるかもしれない。

そう思ったのだが。

「きゃん！」

丈二の隣から子供コボルトが飛び出した。筋肉コボルトに駆け寄る。

危ない！

丈二はとっさに魔法を止めて、子供コボルトを掴《つか》む。

魔法を止めたせいで筋肉コボルトが襲ってくるかもしれない。丈二はコボルトを見た。

しかし、様子がおかしい。

筋肉コボルトは、子供コボルトを見て頭を抱《かか》えている。

苦しそうだ。

子供コボルトから距離をとるように後ずさりする。

「ガルァァァ‼」

ダッ！

筋肉コボルトは、まるで逃げるように走り出して行った。

「くぅん……」

残された子供コボルトは、悲しそうにその背中を見送っていた。

「よし、これで大丈夫だな」

筋肉コボルトが逃げて行ったあと、丈二は子供コボルトの怪我を治療《ちりょう》した。

不良たちに痛めつけれられたときにできたものだ。治療は問題なく終わったのだが。

「くぅん」

コボルトは悲しそうにしている。

先ほどからずっとこの調子だ。

どうして落ち込んでいるのか、サブレに話を聞いてもらっていた。

「さっき逃げたコボルトは、この子のお父さんみたいですにゃ」

丈二はケットシーの長老が言っていたことを思い出す。

凶暴化したコボルトは群れを離れているらしい。この子の親も、自分が凶暴化していることを自覚して群れから出て行ったのだろう。

先ほど逃げて行ったのも、この子を傷つけないため。

苦しそうにしていたのは、自分の凶暴性を抑《おさ》えつけようとしていたのではないだろうか。

「この子はお父さんを探して飛び出してきたみたいですにゃ」

なんとも辛《つら》い話だ。

父を追ってきた子供と、その子を傷つけないために逃げる父親。本当は二人とも平穏に暮らしていたのだろうに。

丈二はコボルトの頭を撫《な》でる。

カシャカシャと音が聞こえてきた。爪《つめ》で引っかくような足音だ。それがたくさん。

階段から複数のコボルトが飛び出してきた。その中には、ダンジョンで出会ったコボルトの姿も見える。

子供コボルトを追ってきた群れだろう。

「――――！」

コボルトたちが子供に駆け寄る。なにやら話している。なにがあったか確認しているのだろう。

子供と話し終わると、大きなコボルトが丈二の方を向いた。ダンジョンでも喋った個体だ。

「にんげん、この子、助けた。ありがとう」

「気にしないでくれ。俺が勝手にやったことだ」

コボルトはジッと丈二を見つめる。なにかに納得《なっとく》したようにうなずいた。

「にんげん、お礼したい。村、付いてくる」

どうやら、コボルトたちの村に招待されているらしい。

それはありがたい話だ。

凶暴化したコボルトたちをどうにかするためにも、彼らとは詳しく話がしたい。

丈二はうなずいた。

「分かった。喜んで付いて行く」

コボルトたちに連れられて、丈二たちは再びダンジョンに戻った。

ダンジョン内をずんずんと進んで行き、たどり着いたのは山。

ジャングルの中に現れた、盛り上がった大地。そこに、ぽっかりと穴が開いていた。

「コボルトは洞窟《どうくつ》に住んでるのか」

「彼らは穴掘《あなほ》りが得意なんですにゃ。天然の洞窟を広げてるらしいにゃ」

コボルトに導かれるまま、丈二たちは穴の奥に入っていく。中は意外と広い。

洞窟の壁には、光る石のようなものが飾《かざ》られている。照明代わりなのだろう。それのおかげで、洞窟内は十分に明るい。

しばらく進むと、広い空洞《くうどう》に出た。ところどころに枯草《かれくさ》が敷《し》かれている。座布団のような感じだ。

コボルトは一番奥に進むと、そこに敷かれていた枯草にドカリと座った。

「座れ」

そう言って、コボルトは手を広げる。丈二たちにも座るように、うながしているのだろう。

丈二も枯草の上であぐらをかく。少しチクチクするが、意外と柔《やわ》らかい。

「ぐるぅ」

丈二の足の上に、おはぎが乗って来た。ここが良いらしい。

ぜんざいや寒天も、思い思いにくつろいでいる。

丈二の隣には子供コボルトが座った。

放っておくと、また父親を捜《さが》しに行くかもしれない。そのため、目立つところに置いておきたいらしい。

「俺、今のリーダー」

先ほどから丈二たちと喋っているコボルトが口を開いた。

黒と茶色の毛。シェパードのような凛々《りり》しい顔つきのコボルトだ。

「名前、クーヘン」

クーヘンはスッと頭を下げる。

「人間、コボルト、助けて欲しい。ケットシー、話、信じる」

ケットシーの話。どういう意味かと、サブレを見る。

「丈二さんが捕まって喋ったときに、丈二さんがコボルトたちを助けてくれる話をしましたにゃ」

サブレの言葉を聞いて、クーヘンもうんうんとうなずいた。あの時点でなんとなくの話はしていたらしい。

「とりあえず、今回の件は俺たちで何とかできそうな感じではある。やっぱり、コボルトたちが凶暴化した理由はナメクジにあると思う」

筋肉もりもりの凶暴化したコボルト。

彼に回復魔法を使ったときの反応を見るに、やはりナメクジが原因なのだろう。

それであれば、おはぎの力で何とかできる。

「できれば、凶暴化したコボルトたちを一か所に集めて一気に治療したい。なにかいい方法はないかな」

治療を始めた時に、コボルトたちがどんな行動をとるか分からない。

彼らにはうっすらと理性が残っているような気がする。

群れの仲間や、子供コボルトを傷つけないために逃げた様子を見る限り。

もしかすると、他のコボルトが治療されたのを見て丈二たちに近づいてくる可能性もある。

だが逆に、治療されているのを認識したナメクジが、コボルトたちの行動を操《あやつ》るかもしれない。

宿主の行動を操る寄生虫なんてありがちな話だ。

そうなると、遠くへと逃げ出してしまう可能性もある。

できれば一気に治療したい。

「集める、方法……」

クーヘンが頭をひねる。

「すぐには思いつかないだろうから、まずは情報を共有しようか」

丈二はクーヘンと話し合って、コボルトたちの情報を貰った。丈二は、その情報を整理する。

「なるほど、凶暴化したコボルトたちは廃墟の周辺に隠れてるんだな」

凶暴化したコボルトたちは、廃ホテル周辺に隠れているらしい。

その数は全部で二十三匹。

彼らは、ひとまとまりになって行動してはいないらしい。散り散りになって隠れている。

廃ホテルの大きさを考えると、すべてのコボルトを捜すのは難しそうだ。

「しかし、群れの半数以上が凶暴化しちゃったんだな……」

群れに残っているコボルトの数が二十一匹。

実に半数以上が凶暴化して群れを出て行ってしまったらしい。

しかも、群れに残っているものは子供も多い。

子供の世話や、狩りの事を考えると、群れの存続自体が難しくなっている。

なるべく早くどうにかした方が良いだろう。

廃墟に散っている、凶暴化したコボルトたちをまとめて治療したい。

そのためには、なんとかして一か所におびき寄せたい。

だが、どうやって集めるか。丈二たちは頭を悩ませるが、良い案は浮かばない。

「ぐるぅ……」

丈二の膝《ひざ》の上。そこにいたおはぎが『お腹空《す》いた……』と顔を上げた。

思えばもうお昼どき。悩んでいて気がつかなかったが、丈二もお腹が空っぽになっている。

その様子を見ていたクーヘンが口を開いた。

「飯を出す」

どうやら、ご馳走《ちそう》していただけるらしい。

クーヘンは部屋の入り口に居たコボルトに目配せをした。

少し待つと、コボルトたちが料理を運んできてくれた。

焼いた肉に、生の果実。なんの肉と、なんの果実かは分からない。

たぶんダンジョン産のもの。

皿形土器の上に、それらが並べられていた。味付けは……期待しない方が良いだろう。

「いただきます」

とりあえず食べてみることにした。

まずは肉の方。幸いなことに、多少の味付けはされていた。塩味と、ほんの少しの辛味《からみ》。

塩コショウだけで味付けした肉のような味だ。

不味《まず》くはない。すごく美味しいとも言えないが。

そして食感が不思議だ。鶏肉《とりにく》と魚を足して割った感じ。そこそこ弾力《だんりょく》があって、淡白《たんぱく》な味だ。

果実の方にも手を出してみる。

すっぱい。

だが、ほんの少し甘《あま》さを感じる。品種改良されていない原始的なイチゴみたいな味だ。

どちらも不味くはない。

だが、牛巻の美味しい料理に慣れてしまった丈二には、ちょっと不満が残る。

一口食べるごとに飽《あ》きてくる。

ぜんざいを見てみると、ガツガツと食べている。相変わらず食欲旺盛《おうせい》だ。

寒天もいつも通り。体の中にふよふよと食べ物を浮かべている。

おはぎは……少し食べづらそうにしている。

丈二と同じように、味に慣れないのだろうか。

おはぎは野生の経験が少ない。こういった野性的な食事よりも、人間の食事の方が慣れているのだろう。

「そうだ。これでもつけてみるか？」

丈二は自分のリュックをあさる。

中から取り出したのは、犬用のおやつ。サブレが気に入っていた猫用のペースト状のおやつの、犬向けのものだ。

猫用のものは、すでにケットシーにあげてきた。

コボルトたちにあげたら喜ばれるかもと考え、犬用の物も持ってきていたのだ。丈二はそのおやつを、おはぎの肉に塗《ぬ》った。

これで、もうちょっと美味しく食べられるかもしれない。

「ぐるぅ！」

おはぎは嬉しそうにガツガツと食べ始める。

ふと、丈二は隣から視線を感じた。

子供コボルトが、不思議そうにおはぎの皿を見ている。おやつが気になるのだろうか。

「君も食べてみるか？」

おやつの袋を差し出す。子供コボルトは、こくりとうなずいた。

おはぎと同じように、肉の上におやつを塗る。

「きゃん！」

その肉を食べると、子供コボルトは嬉しそうに鳴いた。

気に入ってくれたらしい。

尻尾《しっぽ》がブンブンと振り回されている。落ち込んでいたので、少しでも元気を出してくれて良かった。

「俺も欲しい」

その様子を見たクーヘンが言ってきた。淡々《たんたん》とした物言いだったが、おやつが気になるらしい。

クンクンと鼻を鳴らして、そわそわと尻尾が揺《ゆ》れている。

「どうぞ、まだまだ、たくさんありますから」

丈二はクーヘンの肉にも、同じように塗り付けた。

ぱくり。クーヘンが肉を口に含《ふく》む。カッ‼ とその目が見開いた。

「これだ‼」

どれだ？ クーヘンが叫んだが、意味が分からない。いきなりどうしたのだろうか。

「丈二、これでコボルトを集める」

「……これで？」

このおやつで、凶暴化したコボルトたちをおびき寄せるということだろうか。そんな方法で上手くいくものだろうか。

「サブレ、通訳を頼む」

「了解《りょうかい》にゃ！」

日本語に不慣れなクーヘン。その話をサブレが翻訳してくれるらしい。

しばらくクーヘンとサブレで話した後。サブレが話をまとめてくれた。

「このおやつを食べれば、一口で病《や》みつきになるにゃ。もうクーヘンはこのおやつ抜きでは生きていけない気がするらしいにゃ。ボクも良く分かる感覚にゃ！」

そんなに気に入ったのか。やっぱりヤバいものが入っているのでは？

「まずは廃墟中に、このおやつをばらまくにゃ。そして凶暴化したコボルトたちに、このおやつの味と匂《にお》いを覚えさせるにゃ」

ペースト状のおやつだけだと、食べ物だと認識されないかもしれない。

今回のように肉に塗ったものを用意すると、食いつきやすいだろうか。

「後は、集めたい場所に多めのおやつを準備しておくにゃ。そうすれば匂いに釣《つ》られたコボルトたちが集まるはず。ということにゃ！」

◇◆◇◆◇

おやつによる誘《さそ》い出し作戦を考えた丈二たち。

さっそく丈二は近場のドラッグストアで、おやつを大量に買い込んだ。

近場に住んでいる犬の諸君には申し訳ないが、仕方がない。

その間にコボルトやケットシーたちは、おやつを塗りつけておくための肉を準備した。

それらを合わせて撒《ま》き餌《え》を準備。

コボルトたちに、おやつの味と匂いを覚えこませるための物だ。それを廃墟にばら撒いた時には、すでに日が傾《かたむ》いていた。

「丈二、今日は泊《と》まっていくか？」

ダンジョンに帰ると、クーヘンが声をかけてきた。

明日は早い時間から罠を仕掛けに行きたい。コボルトたちの住処で泊まっていくのもいいだろう。

「そうさせてもらおうかな」

「分かった。祭りをしよう」

「……え？」


コボルトたちの一斉《いっせい》治療を控《ひか》えた前夜。成功を祈願《きがん》して、小さな祭りが開かれた。

パチパチと燃える炎《ほのお》。大きなキャンプファイヤーだ。

その周りをケットシーとコボルトたちが、踊《おど》りながらグルグルと回っている。どことなく盆踊《ぼんおど》り風。

ケットシーが演奏する太鼓《たいこ》のリズムに合わせて、わんわん、にゃんにゃんと歌っている。

おはぎも楽しそうに踊っていた。

リズムに合わせて、ぐるぅぐるぅと鳴いている。

「いやー、ケットシーとコボルトが一緒に祭りを開く日が来るとは思いませんでしたにゃー！」

サブレがテンション高く話しかけてきた。片手には例のおやつ。

まるで酒瓶《さかびん》を片手に持った酔《よ》っ払いみたいだ。

「今後は仲良くしていけると、良いんですけどにゃー」

今後、二つの種族がどのように関係を発展させていくかは分からない。だが少しずつ良くなって

いきそうな気がする。

むしろ、問題は外からやって来るのではないかと、丈二は思った。

「……あの不良たちが怖いよなぁ」

不良たちにコボルトの存在を認識されてしまった。

彼らが何かをしなくとも、外にコボルトたちの情報が洩《も》れれば変化が起きる。

コボルトは明らかにモンスター。モンスターが出現するとなれば、元となるダンジョンが捜索される。見つかるのも時間の問題だろう。

そうなると、ケットシーもコボルトも何らかの変化が求められる。

それが良い方向に動けばいい。だが、場合によっては彼らが辛い目にあうかもしれない。

(強制労働とか……ありそうかもなぁ……)

ケットシーもコボルトも頭の良いモンスターだ。人間との意思疎通《そつう》も問題ない。

人手不足が叫ばれる昨今。人権を無視できる労働者は、喉《のど》から手が出るほど求められるだろう。

このままダンジョンの中で生活していると、乱獲《らんかく》される恐《おそ》れがある。

「家で全員を保護するのは……」

手懐けたモンスターは、手懐けた人の所有物になる。丈二が手懐けて管理していることにすれば、彼らが害されることはない。

だが、数が問題だ。

ケットシーとコボルト、全員を合わせるとその数は八十匹を超《こ》えている。

手懐けたと言い張るのであれば、丈二のもとで管理しなければならない。

住む場所は、おはぎダンジョンになんとか入りきるだろうか。

「まぁ、治療が終わったら相談してみるか」

丈二が勝手に、彼らの今後を案じても仕方がない。もしもの時に手を貸せばいい。

「ぐがーにゃー」

気がつけば、サブレが丈二の膝を枕《まくら》にして眠っていた。ピンと背筋を伸ばした寝相は、とても猫とは思えない。片手にはギュッと、おやつの空袋が握《にぎ》られていた。

無防備なふわふわとしたお腹を撫でたくなるが、勝手に触《さわ》るのは失礼だろう。

丈二はグッと我慢《がまん》した。

◇◆◇◆◇

そのコボルトは飢《う》えていた。

つい昨日、廃墟の片隅《かたすみ》に肉を見つけた。すでに調理された肉。それが皿の上に載《の》せられていた。

そんなものが落ちているわけがない。明らかに罠。普通なら食べようとは思わない。

しかし現在のコボルトは異常だった。

内側から湧《わ》き出る苛立《いらだ》ちによって、本能と欲望が暴走している。考える暇《ひま》もなく、その肉に飛びついた。

美味しかった。この世の物とは思えないほどに。一瞬、自分はすでに死んだのかと思った。

死後の理想郷へとやって来たのではないかと感じた。

それをもう一度食べたい。その一心で、コボルトは廃墟の中をさまよった。

同じように数枚の肉を見つけた。無心でむさぼった。

しかし、だんだんと見つけられなくなる。すでに食べられたあと。空っぽの皿だけが置かれていた。

他のコボルトたちが食べてしまったのだろう。

だが、もうないだろうと分かっても、諦《あきら》められなかった。

どこかにまだ残っているかもしれない。

そう願いながらふらついて、気がつけば一夜を明かしていた。

重力に従って、まぶたが落ちてくる。今だけはまぶたが巨大な岩よりも重く感じる。

必死にまぶたを持ち上げながら歩みを進める。

ただ、あの味を求めて。ふと、空腹を刺激《しげき》するような匂いが鼻をついた。

あれの匂いだ。あふれ出るよだれを感じながら、匂いを追った。

廃墟の外。

匂いに釣られたのか、同じようにふらふらと歩くコボルトが見えた。

彼らも徹夜《てつや》で歩き回っていたのだろう。

そして広場のような場所に、木の檻《おり》が置かれていた。その中には皿。あの味が塗られた肉が置いてある。

見つけた！

コボルトはダッと走り出す。

それを追って、他のコボルトたちも走り出した。その姿はゾンビ映画のよう。走るタイプのやつ。

ダン！

コボルトたちは体当たりをするように、檻に迫《せま》った。メキメキと檻がきしむ。コボルトたちは無理やり檻を破ろうとしていた。

そこに追加のコボルトたち。廃墟の奥からわらわらと現れ始めた。

全部で二十三匹。凶暴化したコボルトたちが、すべて集まっていた。

檻はメキメキと壊《こわ》されていく。見るも無残。ただの木片《もくへん》になり果てた。

「ガルルァァ‼」

「グラァ‼」

「グルルル！」

続いて起きたのは肉の奪《うば》い合い。

たった一つの肉を求めて、コボルトたちは唸り声を上げる。自分だけが、あの味の付いた肉を食らうために。

まさに今。コボルトたちが飛び掛かろうとした時。

「今にゃ！」

声が響いた。

何事か。コボルトたちが顔を動かしたとき。

べちゃり！

コボルトたちの頭の上から、粘性《ねんせい》の高い謎《なぞ》の液体が降って来た。それはドロドロと動いている。

スライムだ。

寒天が空から降って来た。全身にまとわりつくスライム。思うように身動きが取れない。

しかし、端っこに居たコボルトは違う。あまりスライムがかかっていない。

そのコボルトは何とか抜け出すと、逃げようと走り出したのだが。

「ガルァ！」

バッと現れた巨大な狼。

ぜんざいの犬パンチによって、軽くスライムへと突き飛ばされる。あっけなくスライム地獄《じごく》に囚《とら》われてしまった。

「グルァァァァ‼」

空から声が響いた。見上げると、青い空に黒い翼が広がっていた。

漆黒《しっこく》のドラゴン。大きくなったおはぎだ。

キュイィィイン‼

甲高《かんだか》い音と共に、おはぎの口元に緑色の光が集まっていく。

コボルトたちは、その姿に感動に似たものを感じる。雄大《ゆうだい》な大自然を前にしたような感覚。

心が洗われる。

だが、それと同時に内側から恐怖《きょうふ》が湧き出る。ぞわぞわと、肌の表面で何かがうごめく。

早く逃げなければ！

そう本能が叫ぶが、そうはいかない。スライムによって身動きが取れない。

おはぎの口元が、強く輝《かがや》いた。それと同時に光が迫る。

あっという間に。

光の奔流《ほんりゅう》がコボルトたちを包んだ。

一瞬だけ、体を激痛が走った。

しかし、その痛みはすぐに消え去ると、心地《ここち》よい暖かさが彼らを包む。

その温《ぬく》もりに体を預けるように、コボルトたちは気を失った。

◇◆◇◆◇

「作戦大成功だな！」

地上に降り立ったおはぎ。その背中から丈二は下りた。回復ブレスの補助をしていたのだ。

地上には大量のコボルトたちが倒れている。

先ほどまでの凶暴なムキムキ具合はどこへ行ったのか。可愛《かわい》らしい寝顔をさらしている。

ふわふわとした毛玉が大量に寝ている。見る人によっては、至福の光景だろう。

「やったにゃー！　みんな戻ったにゃー！」

茂《しげ》みの中からサブレが飛び出してきた。その後ろには、他のケットシーやコボルトたちが続いている。

倒れたコボルトたちを運ぶために来てくれた。

その中には子供コボルトも居る。子供コボルトは、倒れたコボルトの一匹に駆け寄った。すりすりとその胸元《むなもと》に顔をうずめている。

あれがお父さんなのだろう。

ムキムキだった時とはずいぶんと雰囲気が違う。元に戻ってみると、二匹はよく似ていた。

「とりあえず、これで一件落着かな」

凶暴化したコボルトは、これで全員。一匹残らず治療済み。

あとは倒れたコボルトたちを連れて帰って、無事を確認して終わりだ。

丈二はのんびりと、そんなことを考えていたのだが。

「ほら、アレです！　アイツらです‼」

「あ、ちょっと待ちなさい！」

声が響いた。廃ホテルの敷地。その入り口から走り寄ってくる複数の人影。

「うわ、アイツらまた来たのかよ……」

それは先日からウロウロしていた不良たち。

その背後には警察官。警察官の制止を無視して、走り寄って来た。

「ほら、こいつらです！　早く駆除してください！」

不良たちはコボルトを指さして騒いでいる。

どうやら、コボルトに襲われたことを通報したようだ。

通報さえしておけば、あとは警察が対処してくれただろうに。

わざわざ自分たちもやって来たあたり、コボルトが駆除されるところでも見たかったのだろうか。

不良たちに続いて、二人の警察官たちが走って来た。

丈二は気づく。見たことのある顔だ。

「あ、丈二さん！」

婦警とおっさん警官。おはぎを拾ったときに出会った警察官たちだった。

この辺のモンスターに関する通報に対処している人たちなのだろう。

「わー、大きいおはぎちゃんだ！」

「うお、あの時のドラゴンか⁉」

婦警は大きくなったおはぎを見て、手を振った。おっさん警官は巨大なドラゴンに驚いている。

「この短い期間にここまでデカくなったのか⁉」

「先輩違いますよ。不思議な魔法で巨大化するんです」

どうやら、婦警は配信を見てくれているらしい。おはぎが巨大化している理由を説明していた。

「お久しぶりです。以前はお世話になりました」

「いえいえ。あれ、どうして丈二さんがここに居るんですか？」

「それがですね――」

丈二と警官たちが、のんびりと話そうとし始める。

しかし、それが気に食わないのが不良たち。苛立ちを爆発《ばくはつ》させる。

「いいから、こいつらをぶっ殺せよ!!」

「……と言われてもねぇ」

おっさん警官がコボルトたちを眺《なが》める。

半数はのんびりと寝ている。もう半数は突然に現れた不良たちに困惑している。

「お前たちが話してたのと違わないか？　もっとデカくて凶暴って言ってたろ？」

現在のコボルトたちに凶暴性は欠片《かけら》もない。大人しく成り行きを見守っている。

「それでもモンスターだろ！　駆除しろよ！」

「まぁ、確かに野生のモンスターは駆除しなきゃならないんだけどよ……」

おっさん警官は丈二を見る。丈二とコボルトたちが友好的な関係にある事を察したのだろう。

どうするのか、目で問いかけてきている。

このままでは、コボルトたちは駆除されてしまうかもしれない。そんなことは見過ごせない。

丈二はコボルトのリーダー、クーヘンとサブレに顔を向ける。

二匹は日本語をしっかりと理解している。今までのやり取りで状況は把握《はあく》しているだろう。

「君たちさえよければ、俺の家に来ないか？　今より窮屈《きゅうくつ》な生活になっちゃうけど……」

ケットシーもコボルトも。丈二は全員をおはぎダンジョンへ招待することにした。

二匹は顔を見合わせるとうなずいた。

「ケットシーは皆付いて行くはずにゃ！　皆おやつ食べたいにゃ！」

「コボルト、付いて行く。丈二の役に立つ」

二種族とも付いてきてくれそうだ。

「も、もんすたーが喋った……」

「夢じゃねぇよな？」

サブレたちが喋った様子を見て、婦警とおっさん警官が目を丸くしていた。

丈二に懐《なつ》いているとは分かっていたのだろう。だが、まさか喋るとは思っていなかったらしい。

「いや、ふざけんじゃねぇよ！　俺らはそいつらに襲われたんだぞ！」

この状況が気に入らないのが不良たち。不満を叫ぶ。

コボルトが不良を襲ったことは問題になるだろうか。丈二はおっさん警官にたずねる。

「問題ありますかね？」

「飼育されてるモンスターなら飼い主に責任が行くが、当時は野良《のら》だったんだろ？　この場合は問題にはならねぇかなぁ」

飼育されているモンスターが人に怪我をさせたら、飼い主に刑事《けいじ》責任がある。

だが、当時のコボルトは野良だった。丈二の責任とはならないらしい。

それでも、不良たちは食い下がる。

「俺たちは襲われたんだぞ⁉」

丈二がそれに反論。

「そのことに関しては、君たちが子供のコボルトを襲ったからだよな？」

「モンスターを退治して何が悪い――」

「え、お前ら勝手にモンスターを討伐しようとしたのか？　そりゃよくねぇよ。しかも、同族の子供を襲ったらモンスターだって怒るに決まってんだろ……」

おっさん警官は呆《あき》れた様子だ。ポンと不良たちの肩を叩いた。

「お前ら、署まで同行な」

「は⁉　俺らを逮捕《たいほ》すんのか⁉」

「逮捕じゃねーから安心しろ。指導だ。勝手にモンスターを討伐しようとするのは違反《いはん》だけど、それは一般人《いっぱんじん》を守るためでもあるんだよ。お前らがアホなことしないように指導するの」

おっさん警官は不良二人の首根っこを掴んだ。逃げ出そうとする不良たちだが、おっさん警官はびくともしない。

もう一人は婦警が拘束《こうそく》。こちらも逃げ出そうとするが動けない。

「ふざけんな！　どこに証拠《しょうこ》があるんだよ！」

「たった今、自白したろうが……ちなみに、罰金《ばっきん》もあるからな」

「はぁ⁉」

不良たちはズルズルと連れて行かれた。あのままパトカーか何かに乗せるのだろう。

「いい気味にゃ！」

「きゃん！」

サブレと子供コボルト。不良たちにいじめられた二匹は、その様子を見て笑っていた。

二匹のうっぷんが少しでも晴れたのなら良かった。

◇　◆　◇　◆　◇

ざわざわと、丈二の家の前はちょっとしたお祭り騒ぎだ。

理由は簡単。

ケットシーやコボルトたちが、大量に引《ひ》っ越《こ》してきたから。

家の前には三台の軽トラックが並んでいる。その荷台には、大量のケットシーとコボルトたち。

わんわん、にゃんにゃんと喋る彼ら。その物珍しい様子を近所の人々が眺めていた。

「わんわんがいっぱい！」

「ねー、沢山《たくさん》いるねぇ」

「牧瀬《まきせ》さんの家、あんなにいっぱい養えるのかしら」

「ずいぶん儲かってんだなぁ」

丈二は軽トラックの荷台から降りると、運転席に近づいた。

「西馬《にしま》さん、急なお願いなのにありがとうございました」

「お礼ならマンドラゴラ印の野菜で良いぜ。カウシカたちが気に入ってるからよ」

コボルトたちを治療した後。

ケットシーとコボルトたちを丈二家に招待することが決まったものの、その輸送手段に悩んだ。

歩いていくには少し距離がある。かといって公共の交通機関を使うと騒ぎになりそうだ。

そこで連絡《れんらく》を取ってみたのが西馬だ。

カウシカの飼育関連で運送系の人に伝手《つて》があるかもしれない。

そう思って連絡をしてみると、なんと軽トラックを何台か所持していると言う。

事情を話すと、急なお願いにもかかわらず軽トラックを出すことを快諾《かいだく》してくれた。

そして、連絡を取った次の日。こうして無事にケットシーとコボルトたちを招待することができた。

「分かりました。今後は彼らの食事のためにも、生産量を増やすでしょうから。余裕ができたら差し上げます」

「おう、楽しみにしてるぜ」

丈二は西馬との話を終えると、荷台に近づいた。そちらにはサブレやクーヘンたち。

「よし、じゃあ皆を誘導《ゆうどう》してくれるか？」

「はいにゃ！」

「わかった」

サブレやクーヘンの誘導の下《もと》。ケットシーやコボルトたちはゾロゾロと荷台から降りていく。

そして、丈二家の庭にあるおはぎダンジョンへと向かっていった。

ふわふわ毛玉の大行進だ。

「うわぁ、話には聞いてましたけど、こうやって見ると圧巻ですね。映画みたいです」

玄関から牛巻が顔を出した。毛玉の行進に目を丸くしている。

事前に電話をして、ケットシーやコボルトを受け入れることは伝えていた。

しかし、実際に見ると驚く光景だろう。

「なんというか、毛玉にダイブしたくなりますね」

「……危ないから止めとけよ？」

だが確かに、そのふわふわとした中に飛び込んだら気持ちが良いだろう。

彼らは昨日まで野良だったため、臭いがきつそうだが。

「今度、彼らに料理を教えてやってくれよ。頭が良いから、教えたら自分たちでできると思うから」

「キッチンが足りなくないですか？」

現在の丈二家にある調理場は、一般的な広さのキッチンのみ。大量の犬猫たちの料理をまかなえるようなしろものではない。

「ダンジョンにちょっとした村みたいなのを作る予定だから、そこに広めのを用意しとくよ」

ケットシーやコボルトたちは手先が器用だ。

ケットシーは木工。コボルトは石工に優《すぐ》れている。

彼らの腕があれば、ちょっとした住居くらいは何とかなるだろう。

「了解です」

丈二は毛玉の行進の流れに乗って、ダンジョンに入っていく。

すでに入っていたケットシーやコボルトたちは、ふらふらとダンジョンを見回っていた。

畑では犬猫が近づかないように、マンドラゴラがほわほわと威嚇している。野菜が盗《と》られるとでも思っているのだろうか。

カウシカたちは焦った様子もない。子供たちに撫でられて気持ちよさそうにしている。

丈二はダンジョンを見渡す。

広い草原。そこに流れる川。少し歩けば森林地帯。遠くには高い山。

おはぎダンジョンは見た目こそ広大。だが、実際の面積は意外と小さめ。ちょっとした公園くらいの大きさだ。

ある程度歩くと、見えない壁のようなものがあるらしい。気づけば反対側に回っている。

ＲＰＧの世界地図みたいな状態だ。

ケットシーやコボルトたちの住処は必要だ。

だが、彼らの食料の足しにするために畑も広げたい。

カウシカたちが生活するための面積も確保しなくては。

広い土地が手に入ったと思っていたが、気がつけばカツカツだ。

本当に見た目ぐらい広かったら良かったのだが、無いものをねだっても仕方がない。

ふと、丈二が森の方を見る。森に入ろうとしているケットシーたちが見えた。

実は森の方は、ほとんど奥が無い。

すぐに反対側から出てきてしまう。そのことを教えてあげようと、丈二は森に足を向けたのだが。

「あれ、あんなに奥の方は行けなかったはず……」

丈二は走って森に向かう。そこには赤いコーンが置かれている。

それより奥には行けない。目印として置いておいたものだ。

しかし、ケットシーたちはそれよりも奥に行っている。

コーンには重りが付いている。風で動くようなものではない。

「もしかして……広くなってる？」

# 第七話　おはぎ牧場

「皆《みな》さんこんにちは！　丈二《じょうじ》です！」

撮影《さつえい》用の球体カメラがふわふわと浮《う》いていた。

それに向かって丈二は挨拶《あいさつ》をする。

頭の上にはおはぎが乗っていた。だらりとリラックスした様子で、丈二と同じようにカメラを見ている。

場所はおはぎダンジョンの中。

今日は天気も良い。ぽかぽかとした日差しが、丈二たちを照らしている。

カメラの上には、透明《とうめい》なフィルムのような画面が浮かび上がっている。そこにはカメラがとらえている画面と、コメントが流れていた。

現在、配信中だ。

「今日は発展してきたおはぎダンジョンを、皆さんと一緒《いっしょ》に見ていきたいと思います！」


『楽しみ‼』

『いつもより視聴者《しちょうしゃ》多くない？』

『おはぎダンジョンの全体像を見れるのは、久々だからな』

「最近はケットシーやコボルトたちの作業を動画にはしていたんですけど、全体を見て回るのは初めてですね。ぜひ楽しんでいただけると嬉《うれ》しいです。それでは行きましょう」

「ぐるぅ！」

丈二が歩き出す。その歩みに合わせてカメラがぐるりと回った。

見えてきたのは広い畑。そこからは緑の葉っぱがキレイに生えている。

まだ収穫《しゅうかく》には早いが、近いうちに豊かに実ることが想像できる。

そこでは、ケットシーやコボルトたちが作業をしている。

さらに、その奥《おく》には集落が見えた。

ケットシーやコボルトたちが行きかっている。

「理由は分からないのですが、なぜかダンジョンが大きくなったので、畑もずいぶんと立派になりました」

本当のところは、なんとなくの理由は分かっている。

おはぎダンジョンが大きくなった理由は、ケットシーやコボルトたちがやって来たおかげだ。

以前、ぜんざいや寒天と繋《つな》がりができたとき、それによっておはぎの魔力《まりょく》が増えてダンジョンが生まれた。

同じように、ケットシーやコボルトたちと繋がりができたことでおはぎの魔力が増えた。それが原因でダンジョンも大きくなった。

というのが、河津《かわづ》先生の推測だ。

だが、おはぎがダンジョンの生成に関《かか》わっていることはトップシークレット。配信ではごまかしておいた。

「現状はケットシーやコボルトたちが食べる分くらいしか生産していませんが、そのうち販売《はんばい》もしようと思います。ぶっちゃけ、食費の方が厳しいので……」


『大所帯だしなｗｗｗ』

『完全に農家やなｗｗｗ』

『家庭菜園から豪農《ごうのう》への成り上がり！』

『豪農無双《むそう》！』


丈二たちはあぜ道を進んで行く。ケットシーやコボルトたちが集まっているのが見えてきた。

座《すわ》って一点を見つめる彼《かれ》ら。

その目線の先には、みかんの箱の上に乗ったマンドラゴラが居た。

「ほわぁ！　ほわほわぁ！」

マンドラゴラは、なにやら力説しているようだ。

「畑の管理はマンドラゴラに任せています。ぶっちゃけ、俺《おれ》よりも詳《くわ》しいので……あれは畑の管理に関する講習ですね。たまにやってるんです」

『豪農なのはマンドラゴラたちなのでは？』

『相変わらず畑は乗っ取られてるのかｗｗｗ』

『畑を征服《せいふく》したマンドラゴラだけど質問ある？』

「そうだ。あっちの方も見ておきましょうか」

集落に向かって歩いていた丈二たちだが、道をそらした。

進んだ先に見えてくるのはカウシカの群れ。近くには牛舎も見える。ケットシーたちが作ったものだ。

コボルトたちが中を掃除《そうじ》している。

「人手が……猫手《ねこて》が？ 増えたおかげで牛乳の生産も安定してきました。新しい命も生まれてます。さすがに牛乳の販売はハードルが高いので、しないと思いますけど」

『猫の手も借りたい状態だったんやなｗｗｗ』

『むしろ、おはぎダンジョンではメインの労働者ですね！』

『カウシカの牛乳飲みたい！』

『個人での牛乳販売はハードル高いらしい。食中毒も怖《こわ》いしね』

丈二は牛舎の奥に進んで行く。そこには魔道具によって作られたシャワーが付けられている。

本来はカウシカたちを洗うために設置したものなのだが。

「今日は……ぜんざいさんが利用してますね」

泡《あわ》まみれのぜんざい。

その周りでは、ケットシーたちがわしゃわしゃとぜんざいの体を洗っている。短い手足を必死に伸《の》ばして大変そうだ。

ぜんざいはご満悦《まんえつ》。満足そうに彼方《かなた》を見つめている。

「ぜんざいさんはシャワーの利用頻度《ひんど》高いんですよね……飯と風呂《ふろ》が生きがいみたいなんで仕方がないんでしょうけど」


『うちのおじいちゃんと一緒だｗｗｗ』

『年取ると飯が一番の楽しみになるからな』

『ぜんざいさんの一日の動画待ってますｗｗｗ』


丈二たちは牛舎を抜《ぬ》ける。そして集落の方へと向かった。

集落では、ケットシーとコボルトたちがせわしなく動き回っている。

建築途中《とちゅう》のケットシーたち。そこに物資を運ぶコボルト。

食堂の方からは、大きなトレイを持ったコボルトが出てきた。大量の料理を運んでいる。

まだまだ発展途中のお祭り騒《さわ》ぎだ。

集落のあちこちでは、青いスライムが動き回っているのが見える。

寒天が体を分裂《ぶんれつ》させて手伝っているのだ。

「もっと腰《こし》を入れろ！　攻撃《こうげき》が甘《あま》いぞ！」

そんな喧騒《けんそう》の中に、ひときわ大きな声が響《ひび》いた。

集落の端《はし》の方には、ちょっとした広場がある。そこには木製のカカシが置かれていた。

そのカカシに向かって、ケットシーやコボルトたちが武器を振《ふ》るっていた。

「こっちは訓練場ですね。まだまだ急ごしらえですけど」

彼らの訓練をしているのがクーヘンだ。ケットシーやコボルトたちの中では、彼が一番腕《うで》が立つらしい。

ちなみに、クーヘンを含《ふく》めて。みんな少しずつ日本語が喋《しゃべ》れるようになっている。

「そのうち、彼らと一緒にダンジョンに向かうつもりです。ただ、いつも俺が付いて行くのも大変なので、なにか方法を考えているんですけどね」

訓練中の彼らは、ダンジョン探索《たんさく》に志願した者たちだ。

よそのダンジョンに行って、普通《ふつう》の探索者のように活動する予定。

できれば食料用の肉も持って帰ってきてもらいたい。

ただし、モンスターの探索者登録はできない。現状では丈二が一緒に付いて行く必要がある。

『テイマー極《きわ》めてんなｗｗｗ』

『テイマーっていうか、もはや傭兵業《ようへい》みたいｗｗｗ』

『俺の探索に付いいてきて欲《ほ》しい……』


そして丈二たちは集落の中心へ行く。そこは広場のようになっており、中心には透明な木が生えていた。


ダンジョンの入り口だ。

丈二は頭の上のおはぎを掴《つか》んで抱《だ》き上げた。つぶらな瞳《ひとみ》が丈二を見つめる。

ふと、丈二はおはぎと出会った時を思い出した。

仕事で疲《つか》れ果てていた丈二。怪我《けが》をして倒《たお》れていたおはぎ。

二人とも一人ぼっちだったが、気がつけば多くの仲間に囲まれていた。

牛巻《うしまき》、ぜんざい、寒天、ケットシーやコボルトたち。そして応援《おうえん》してくれる視聴者の人々。

皆のおかげで、とても幸せなスローライフを送れている。

(俺たちは、たくさんの人に助けられているんだな……)

そう考えると、丈二の胸は感謝で一杯《いっぱい》になった。

丈二は、おはぎと共にカメラを見つめる。いや、カメラの向こうの皆を見つめる。

「そんな感じで、おはぎダンジョンは順調に発展しています。だけど、まだまだ動画投稿《とうこう》は続けて、皆を幸せにできるような配信を続けていくつもりです」

ほんの少しでも感謝が伝わるように、丈二は頭を下げた。

「最後までご視聴ありがとうございました」

「ぐるぅ！」

今日の配信はこれで終わり。だけど、

「また次の配信でお会いしましょう」

「ぐるるぅ！」

# あとがき

本書を手に取っていただき、ありがとうございます。

こがれです。

個人的に『あとがき』には作品の小ネタなどが書かれていると嬉《うれ》しいタイプなので、本書でもそうさせていただきます。体《てい》のいい文字数稼《かせ》ぎとも言いますが……。

ある程度のネタバレも含《ふく》まれるため、先に本文に目を通してからあとがきを読むことをお勧《すす》めいたします。


とりあえず話が出来そうなのは、おはぎについてでしょうか。

おはぎに関しては、性格は犬、動作は猫《ねこ》をイメージして書いています。

犬っぽい性格に関しては、モデルにしたのが犬だからですね。書き始めた当時にはまっていた、犬動画をモデルにしています。

猫っぽい性格に関しては、私の趣味《しゅみ》です。どちらかと言えば猫派なので。もちろん、犬も可愛《かわい》いと思います。どちらか選ぶなら猫の方が好きってだけです。

そう考えると、おはぎは私にとっての『理想のペット』なのかもしれませんね。

そんな理想のペットとして書き始めたおはぎですが、初期のころには人化することも考えていました。ドラゴンが女の子に変化するのってありがちですよね。ぶっちゃけ、男性ウケはこっちの方が良かった気もします。

ただ、そもそも本作を書き始めたきっかけが、『ペット動画を見ていたときの思い付き』だったので、初志貫徹《しょしかんてつ》して人化は無し。あくまでもペットとのほのぼのライフをベースとしました。

結果としては良い選択《せんたく》だったかなと思います。

それでは、読者と関係者の皆様《みなさま》への感謝と共に締《し》めさせていただきます。

最後まで読んでいただき、ありがとうございました。

DRAGON NOVELS
ドラゴンノベルス

# 社畜の俺、ドラゴンに懐かれたのでペット配信を始めます
## チビッ子ドラゴンとモンスター牧場ライフ

2024年3月5日　初版発行

著　者　こがれ

発行者　山下直久

発　行　株式会社KADOKAWA
〒102-8177　東京都千代田区富士見2-13-3
電話 0570-002-301（ナビダイヤル）

編　集　ゲーム・企画書籍編集部

装　丁　AFTERGLOW

DTP　株式会社スタジオ205プラス

印刷所　大日本印刷株式会社

製本所　大日本印刷株式会社

DRAGON NOVELS ロゴデザイン　久留一郎デザイン室+YAZIRI

本書の無断複製（コピー、スキャン、デジタル化等）並びに無断複製物の譲渡及び配信は、著作権法上での例外を除き禁じられています。
また、本書を代行業者等の第三者に依頼して複製する行為は、たとえ個人や家庭内での利用であっても一切認められておりません。

●お問い合わせ
https://www.kadokawa.co.jp/（「お問い合わせ」へお進みください）
※内容によっては、お答えできない場合があります。
※サポートは日本国内のみとさせていただきます。
※ Japanese text only

定価（または価格）はカバーに表示してあります。

©Kogare 2024
Printed in Japan

ISBN978-4-04-075353-9　C0093

絶賛発売中！

KADOKAWA

ドラゴンノベルス好評既刊

# 無自覚最硬タンクのおかしな牧場

ミポリオン

イラスト／ひづきみや

## あらゆる攻撃のダメージゼロ!?
## 硬すぎる男による愉快な開拓ライフ！

元探索者のアイギスがスローライフを送るために買った土地は、危険な魔獣だらけな上に地面が硬すぎて不毛な土地だった!? だが最強に硬い彼には関係なし！　魔獣が噛みつけば牙が折れ、ドラゴンブレスもサウナ気分。強固な地盤を素手で掘り返せば資源の宝庫！　巨大な看板猫（神獣）や銀狼、高位古代竜《ハイ・エンシェントドラゴン》の少女も手懐けて、おかしな牧場生活が開幕！

第4回
ドラゴンノベルス小説
コンテスト
特別賞

絶賛発売中

KADOKAWA

ドラゴンノベルス好評既刊

# 元貧乏エルフの錬金術調薬店

滝川海老郎

イラスト／にもし

**ド田舎の錬金術で大繁盛!!**
**伝説の秘薬を作れるのは王都で私だけ!?**

王都での生活を夢見てド田舎から上京したミレーユ。村で覚えた錬金術が通用するかドキドキだったが、彼女の錬金術は王都でも最高峰だった!?　あっという間にお店をオープンすると、規格外の効力のポーションを錬成して王都の人気店に！　魔法のかばんを錬成すれば客が殺到し、開発したジンジャーエールは王都中で大流行!?　夢の王都でいい暮らしを目指します！

第4回
ドラゴンノベルス小説
コンテスト
特別賞

物語を愛するすべての人たちへ

イラスト：Hiten

KADOKAWA運営のWeb小説サイト

# 「」カクヨム

01 - WRITING

## 作品を投稿する

**誰でも思いのまま小説が書けます。**

投稿フォームはシンプル。作者がストレスを感じることなく執筆・公開ができます。書籍化を目指すコンテストも多く開催されています。作家デビューへの近道はここ！

**作品投稿で広告収入を得ることができます。**

作品を投稿してプログラムに参加するだけで、広告で得た収益がユーザーに分配されます。貯まったリワードは現金振込で受け取れます。人気作品になれば高収入も実現可能！

02 - READING

## おもしろい小説と出会う

**アニメ化・ドラマ化された人気タイトルをはじめ、あなたにピッタリの作品が見つかります！**

様々なジャンルの投稿作品から、自分の好みにあった小説を探すことができます。スマホでもPCでも、いつでも好きな時間・場所で小説が読めます。

**KADOKAWAの新作タイトル・人気作品も多数掲載！**

有名作家の連載や新刊の試し読み、人気作品の期間限定無料公開などが盛りだくさん！角川文庫やライトノベルなど、KADOKAWAがおくる人気コンテンツを楽しめます。

最新情報は
𝕏 @kaku_yomu
をフォロー！

または「カクヨム」で検索

カクヨム